森
青文化

絕境感言

林允中——著

大苦與大愛

如果要用幾個字來形容允中兄這五年來身體病痛的折騰，那就是：大苦與大愛。「大苦」，相信讀者能從這本新作《絕境感言》中，感受到他所經歷著非一般人所能面對的苦難；而所謂「大愛」，卻是指在這苦難中所展現的夫妻愛、兄弟愛、朋友愛和對上主之愛，造就出那份不在痛苦下低頭，以及不願放棄自己的堅持。這五年多之煎熬裡，允中給了我們不少的啟迪。

一是，無論你是好人壞人，痛苦都會找上門，無人能倖免；

二是，痛苦面前，如果沒有了家人朋友上主愛之支援，人很難捱得過；

三是，當我們感到無能為力時，於一位名副其實的基督徒而言，唯一能做的就是對上主的交託，靜待祂的救恩，才能跨越「合理」的怨天尤人的誘惑。

允中不是超人，他在極苦中也曾有過放棄的企圖。是對妻子的愛讓他重拾勇氣，他始終以君子之風，面對有關的人和事。記得每次到家探訪他時，見他仍以積極樂觀態度與病患共處，每天適切地運動、寫作、上網、祈禱，在陽台上賞風景……他把刻板的生活安排得並不沉悶，仍然不忘感恩，依舊無忘與家人快樂的時光，真是位很了不起的病者，也是名可愛的病人。

祈願這本新作，一如允中自序中所言：「人在絕境中仍有希望！」能為天下身患病苦者及他們的家人帶來力量，在傷痛中仍能盼望；不論最終結果是否如我所願，卻不要讓自己沉溺在絕望當中。

　　無論貧賤富貴，人的一生，就是在看似矛盾對立的現實中度過。只有大苦沒有大愛，人肯定受不了、捱不住；若只有愛卻缺了苦的磨煉，愛只是一種感情作用，經不起風雨，成不了大愛。允中經歷過也仍在經歷著大苦與大愛的洗禮。願他的歷練將成為我們每人思考如何好好活下去的生命教材。

　　允中，謝謝你！

關俊棠 神父

序二

　　看允中的文章，最深刻的印象，並非筆墨的縷述、用字的精闢，而是書中與癌症搏鬥的過程，乃有血有肉的，認同人生命極之脆弱。但執筆者的心靈力量托著他展現絕境中的頑強鬥志，戰勝各式各樣苦楚，更克勝復發後的恐懼。箇中歷程猶如浴火重生，予以讀者一股振奮力量，即使經過死蔭幽谷，亦可持守盼望，重獲新生。

陳一華 牧師
基督教癌症關懷事工聯會創會顧問

筆者的話

　　這五年來我經歷了一場又一場生死存亡的搏鬥，兩度拍打鬼門關，走遍十八層地獄，雖然只剩下半條人命，卻能奇蹟般地活下來，並享受著滿足的生活。在這絕世難逢的經歷中，我賺得一些在絕境中的切身體會。現在，我用最真摯的感情和誠懇的話語，把經歷記錄在這本書中，希望能帶給讀者一個訊息：

人縱使在絕境中仍有希望！

目錄

第一章

絕地重生

宣判死刑

2017 年 9 月底的一個黃昏，兒子、媳婦、女兒和五弟都從家裡趕來，陪伴慧玉到醫生的辦公室。醫生跟他們說了一番話，然後一起來到我的病床前。

醫生坐在床邊，執著我的手，平和地告訴我相等於死刑的病情：「已確診是膽管癌，腫瘤有五釐米，屬第四期；因為已擴散到肝臟、橫隔膜、肺淋巴及盤骨，沒法動手術了。下一步是轉由腫瘤科醫生跟進，我可以介紹最好的腫瘤科醫生給你選擇。」

早前護士叫家人來見醫生，我已知是怎麼一回事，只好麻木地接受宣判，但我不知醫生還告訴了家人：「這晚期腫瘤特別兇惡，化療及電療都不管用，現在已沒有辦法醫治了。他剩下的日子只有六個月，他喜歡做什麼、吃什麼隨他吧！」

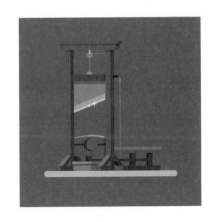

當晚出院時，五弟送我到停車場，說珍重再會那一刻，我見他兩眼通紅、強忍淚水，心裡感觸萬分！

晴天霹靂

僅僅一個月前，我正在電腦上整理相片。

太太慧玉在問：「你在看馬爾代夫的相片嗎？」

「是的，Helengeli 島太美麗了，我要製作一輯短片放上網，與大眾分享那裡的美麗珊瑚和海底生態。」我一面工作一面回答。

「明年我們會去那個島？」

「我想重遊 Ihuru 島，那裡的沙灘屋雖然簡陋些，但它的珊瑚礁環繞全島，離岸又近，浮潛方便，魚群眾多。」

自 2007 年退休以來，我們兩口子過著快樂溫馨的生活，學唱歌、服務教堂、打草地滾球、組織同學活動，當然還少不了每年到馬爾代夫浮潛。到兒童村補習亦剛好十年，我們取之社會，用之社會，感到很富足。

兒童村補習

「我這幾天覺得腹部有些拉扯，可能是健身運動做多了。」我不經意地說。

「那我便批准你休息兩天！」慧玉裝作是我的監護人，笑笑地向我發施號令。

但過了兩天，拉扯沒有消失，按下去好像有硬塊，我開始感到有些不安。於是去看醫生，醫生安排入院做電腦掃描，當天晚上出了報告，醫生見我第一句話就是說：「不用擔心！不是癌症！」

「只是膽管發炎擴張。其實你的膽管在五年前的掃描已發現有擴張，現只是擴張多了，不需理會。」

於是當晚我便輕鬆地出院。

過了一星期拉扯和硬塊仍在，便去看一個肝臟專科醫生，做了磁力共振及驗血的癌指數 CA19.9。磁力共振報告說是發炎，但癌指數卻高達 300，高出正常十倍！因發炎亦會使癌指數升高，醫生認為問題是肝臟的發炎膿瘡，於是留院放膿和注射抗生素。

我心想：放膿後便可以回家吃藥完事了。

在冰冷的小手術室裡，醫生用超聲波探頭在我的腹部按來按去找膿瘡的位置，自言自語地說：「嗯，不像是液體。」

然後用黑布蒙上我的眼睛，我感到腹部被刺痛了兩下，就像脫牙時打麻醉針一樣。過了一會，有粗針插入我腹內，針頭轉來轉去，又有幾下「啪、啪」聲，像案頭打孔機的聲音。他插了多次弄了很久仍未停，我心裡泛起不祥的預感。

最後醫生終於做完了，拿走黑布，對我說：「抽不到膿！那位置是結實的，已抽了組織去化驗。」

我的心即時感到不安，結實的組織不就是腫瘤麼？不要怕！我安慰自己，腫瘤可以是良性的。

第二天，醫生巡房時便打碎了我的美夢，他解釋當惡性腫瘤生長得特別快時，其掃描及磁力共振影像就看似發炎。天啊！原來我不只患了腫瘤，而是患了特別兇惡的腫瘤，其兇惡程度使兩個影像專科醫生誤以為它是發炎！

慧玉在旁聽了這晴天霹靂的消息，在病房一角飲泣，醫生離房後她便按捺不住大聲叫喊：「不公平！為什麼你一世做好人，卻會有這個病，不公平！」

醫生不用等組織的化驗報告，直接替我做「正電子掃描」，證實我患上了最惡毒的膽管癌，並且已廣泛擴散。

藥石亂投

正如醫生指出，這特惡腫瘤生長得非常快，9月初用手按才隱約感覺到硬塊，到9月底已可眼見硬塊凸現在右腹，及每天要吃藥止痛，躺下時不能側睡，胃納嚴重減少，只有平常一半。

剛巧碰上週末及國慶假期，浪費了好幾天未能約到腫瘤科醫生，使我心急如焚。關心我的親人和朋友提供了各式各樣的天然療法，包括喝五青汁、生薯仔汁、花生衣水、吃蘆荀、戒牛肉、戒糖等等；二兄甚至馬上帶來一小箱 Fucoidan 海藻精華，這是號稱能抗癌的韓國成藥，叫我吃雙倍份量。我和慧玉六神無主，只好試這試那，誰知過了幾天，我本已屬虛寒的身體便受不了，出現暈眩及潮熱盜汗，只好停止這些食療及藥物。

後來又有朋友介紹，一位出名的醫藥顧問正在尖沙咀舉辦治癌講座，因名額有限，朋友更提早兩小時為我排隊。顧問首先否定化療的效用，認為化療成效甚微，只會令病人更痛苦，不值得採用。這觀點使我感到詫異，因化療是治癌的主流方法之一，不能一概否定。隨後他引用網上一些大學的研究報告，指出某些天然食物含有一些特別元素，能消滅相應的癌細胞。其實網上充斥著大量的專家報告，要找合符你說法的報告並不難，況且他是賣藥者，不是醫生，我不大信他的話，但抱著買六合彩的心態，也花了幾千元買他的洋蔥素、綠茶素、芹菜素及胡蘿蔔素，吃了一段時間，正如所料，未能見效。

我又聽說郭林氣功能治癌症，五弟立刻找來一個很好的周師父，上門傳授。我以前曾學過郭林「健身」氣功，所以很快便學會了郭林「抗癌」氣功。但練了幾星期，發覺在鍛練時每每引起肚痛，或許是「氣沖病灶」吧！我的病情已到如斯階段，孱弱的身體何堪再加以打擊，於是便沒有再練了。

開始化療

10 月 4 日，慧玉陪我到威爾斯醫院見一位教授級的鄭醫生，他正當專業盛年，說話清晰，語調肯定，給我很大信心。他仔細看過我的報告後，說現今的治癌技術比以前進步多了，而我目前的身體狀況還很好，有氣有力，他會用盡辦法醫治我及用最好的藥物，雖然不能估計成功的機會，但認為我是有希望的！

我聽了如打了興奮針，在絕望中拾到希望！心情立時開朗，隨後的幾天，我幾乎忘記了自己肚裡埋藏著一個計時炸彈。我開始寫我的《抗癌日記》，記下每天的「抗癌」活動，以備將來康復後可向人作見證，見證人雖在絕境中，仍可找到出路。

兩日後我接受了第一針 Oxaliplatin 化療。過程並不痛楚，先抽血驗肝腎功能及白血球，合格了醫生便開藥單給藥房配藥水，然後經靜脈注射輸入體內，注藥只需兩小時，但整個過程要花上大半天。化療可能引起的副作用很多，因人而異，較嚴重的是白血球過低，若回家後出現發燒，便須馬上到急症室求診，幸好我只是感到手痹和怕冷。

鄭醫生很用心醫治我，初診時已替我抽了四筒血檢驗，及找上手醫生抽出的組織，做全面基因檢定。隨後又經常覆診驗血，監察癌指數及肝腎功能的變化。我覺得他是最合適我的醫生，我信任他，將治療全交託於他，不去找別的專家意見，不問病情將會怎樣發展。我只抱著一個信念——鄭醫生說我是有希望的！

膽管癌本身已影響消化能力，加上化療的副作用，我的食量不到平日的一半，營養不足又怎能應付癌症？於是我到天水圍的癌協服務中心請教營養師。周姑娘很有愛心，詳細說明每日所需的蛋白質份量、各種食物的營養含量及市面的各種營養素製品，還建議我服用成藥 Enzyplex 幫助消化。我立刻買了各種營養素回家，誰知吃了兩天，我的腸胃便受不了，出現肚瀉。於是，往後的日子裡，吃東西是件痛苦的事，吃兩片肉及幾口飯便開始覺得肚脹，明顯營養不足，但若強迫自己多吃便出現胃氣脹，甚至肚瀉。亦試食肉碎粥、麥片等，但都吃不了多少。食量這樣少，營養遠遠不足，精神和體力都差了，但體重卻減少不多，個多月才少了兩公斤，當時我還暗自慶幸能保持體重，後來才知這是個假象，因為橫隔膜受癌擴散影響，造成腹部及肺部積水，對沖了失去的體重。

神父開解

　　從發現腹部拉扯開始，檢驗報告一個比一個壞，我感受的困擾便一天比一天深，及至醫生宣告我患上絕症，自知死期已近。雖然我身為基督徒，比較容易接受命運的安排，但一步步的走向死亡，要和心愛的妻子、家人及這可愛的世界永別，誰受得了！我陷入極度抑鬱，晚上不能入睡，於是去看精神科醫生。傅醫生很了解癌症病人的心理需要，他跟我談了大半小時，疏導了我的壓力，使我覺得又找到好醫生。他的藥物果然有效，我很快便擺脫了抑鬱，晚上睡眠亦有所改善。

　　人生無常，很多事情是沒法解釋，去追問為什麼徒增煩惱，使自己更難受。自得絕症以來，我沒有抱怨過，亦沒流一滴眼淚，但當我的神師關神父來探望我時，我的情緒突然決堤，我伏在他肩上大哭起來，大喊為什麼我會有這遭遇。

粉嶺天主堂

他讓我哭過後給我開解：「死亡並不是一切都完結，靈魂還是活著，只是回到神的國度，回到家鄉。」

「千萬別寫告別信給太太！反而可寫些大家在一起的生活故事、旅行及開心的事。」

「我是神的好孩子，一生已盡力做好自己、照顧家人及幫助朋友，對得起神，對得起自己。現在要多做自己喜歡的事，與慧玉到空氣清新的地方走走。」

「買一個『慈悲耶穌像』，向祂祈禱，將一切交給神。不需拼命要求，但可說出康復意願，求耶穌與自己共負此軛。最重要是對耶穌誠心地說：耶穌，我信賴你。」

慈悲耶穌

「慈悲耶穌」是耶穌基督向傅天娜修女的顯現，那是 1931 年在波蘭一所修院內，她見到兩度光從耶穌的心射出，並且耶穌對她說：「我心就是慈悲。從這個慈悲的汪洋，恩寵湧流到整個

世界；白光代表水，令靈魂正義；紅光代表血，是靈魂的生命。這兩道光芒護衛著信賴我的人。」

我馬上到尖沙咀公教進行社，買了個最大的「慈悲耶穌像」，每晚跪在耶穌像前，向祂宣示我對祂的信賴，並訴說我的痛苦和恐懼，毫不保留地向祂傾訴心中的意念，宣告我接受祂的安排，但祈求祂賜我康復。我見聖像的雙眼注視著我，像告訴我祂一切都聽到了，並對我垂憐。每次祈禱後我心頭的擔子會輕一些、希望多一些。

慧玉常常提醒我，有鬥志才有希望！自己若提不起鬥志，那便真的是什麼都完了。為自己，為家人，我不向病魔屈服，堅信我是有希望！

活好每一天

確診癌症後，死神步步緊逼，未及兩個月它的利爪已搭上我的肩膊。兩種止痛藥已食至最大份量，小便愈來愈深黃，腹部及雙腳水腫，喉痛聲沙使我不願說話。還有一日三餐是件痛苦的事，食量少得可憐，雖抱著少吃多餐的原則，但怎樣也吃不到營養師要求的一半，有時努力吃多一兩口，便出現胃氣脹痛，弄巧反拙。以前我因怕魚腥味絕少吃魚，現在卻天天迫自己吃魚，因為魚肉鬆軟，容易吞嚥及消化。

但我沒有放棄！我相信神留我在世上的每一天，都有祂的目的，就是想我活好這天。運動對健康很重要，人是動物，不動便會機能衰退，雖然此時體力很差，但我亦保持每天運動。我家附近有條林蔭的緩跑徑，天氣好時，我便到那裡快步行半小時，或和慧玉到附近的梧桐河散步；天氣差的日子便留在家，利用一張特製的小矮凳，一面聽音樂，一面做踏級運動，當遇上一首歌的節拍與步速吻合時，踏級便有如在跳舞，亦是樂趣。

我通過網上平台與朋友保持聯繫，談論時事經濟，這世界還有我的份兒。網上有很多勵志的講道，在這段艱苦的日子，收聽講道既可增強意志，又可打發時間，還可多點明白《聖經》，與神親近，一舉多得。

踏級運動

　　我喜歡在網上收聽一些醫治心靈的歌曲，並且往往因心的共鳴而跟著哼唱幾句。唱歌最能抒發感情，消除心中的鬱結，王芷蕾的《我知誰掌管明天》最能平靜我心：

> 我不為我將來憂慮，每一天只為主活；
> 我今天要與主同行，因祂知前面路程。
> 有多少未來的事情，我現在不能識透；
> 但我知誰掌管明天，我也知誰牽我手。

　　「每一天只為主活」成為了我的座右銘，引領我走明確的道路。每逢悲觀雜念浮現腦海，我便問自己：「主耶穌希望我這刻做什麼？」

祂會喜歡我在現有的條件下做愛己愛人的事。於是，我將焦點轉向別人，看看我能為別人做些什麼。只要向這方面動腦筋，不難發現確有些朋友是處於不同的苦困中，與他們在網上或電話交談，便能或多或少抒發彼此的鬱結，甚至幫助他們解決問題。

還有一個特別的節目，可使我忘憂半天。我與兄弟及朋友組織了一個自家的桌球比賽，每週一次在一個會所的球室會戰，因大家實力相若，而桌球這玩意經常會出現幸運球或意外球，所以氣氛熱鬧歡笑，使我忘掉病痛。我的兄弟為了使我多些歡樂，將賽事加密至每週兩次，這兩天便是我在這段艱難時期裡唯一期望的日子！

10 月 21 日是我屬的中電草地滾球「B 隊」的大日子，是那年度最後的一場賽事，勝則奪取聯賽冠軍，完成十年來的夢想！我是中電的創隊元老，亦曾是「B 隊」的主力，教導了不少新人，頗受隊友歡迎，隊長達哥更以我為師，經常在賽後與我檢討得失。

比賽是主客制，這場是我們主場。雖然我身體虛弱，在化療期間不宜多外出，但我覺得這場重要賽事不能錯過，於是在慧玉陪同下，我們開車回到青山發電廠，為球隊打氣。

球場是在廠內靠樹林的一角，空氣清新。剛下車，達哥在場邊最先看見我們，詫異地說：「你們也回來捧場嗎？」

我微笑點頭，步入球場。比賽正在進行中，不能喧嘩，但我隊 12 個球員都向我展開笑顏，或點頭、或揮手，在球場另一面的小李，更不斷大力揮動手巾，令我感到回家的溫暖。

戰事非常緊湊，我在三條球道後面走來走去，替隊友打氣。當我隊打出好球時，我拍手歡呼，給隊友讚賞；但當隊友打失時，我只好心裡歎息，恨不得自己上陣顯功夫。

　　比賽雙方打得難分難解，得分此起彼落，我隊在大部分時間落後情況下卻最後反勝，於是我們便贏得聯賽冠軍！大家開心得像開籠雀兒，吱吱喳喳地說個不停。我逐一與隊友握手道賀，他們也感謝我到場支持，使他們士氣大增，取得勝利。雖是客套的說話，但亦使我感到這趟沒有白走。

　　隨著便是拍冠軍隊照，準備呈上草地滾球總會作為紀錄。達哥連忙找來一件球衣給我穿上，讓我也沾上冠軍隊的風采。

冠軍隊照

在回家途中，我還滔滔不絕地向慧玉分析各回合的形勢，實際上整個下午我都精神充沛，完全忘記了自己身上的痛楚。感謝主，在這極度困難的日子裡，讓我活出精彩的一天。

慧玉的生日是在 11 月，這可能是我與她最後一次共度生日，雖然我已肚脹腳腫，卻靜靜地到上水唯一的花店，買了一束香檳玫瑰，她開門時，我扮作當年求婚模樣，單膝跪下、遞上花束說：「Will you marry me?」她驚訝得不知說什麼，只是咯咯地笑。我們都感到有幸一起度過二十多年的甜蜜日子，可算是不枉此生。晚上我們和韻怡、嘉略到沙田帝都酒店享受最愛吃的鐵板燒，把這一天的意義充分活出來。

每況愈下

開始化療時，我是懷著少許希望，盼現今進步了的藥物能消滅腫瘤。但隨著日子過去，自己摸著硬塊不斷長大，腹部開始積水，隱隱的痛愈來愈強烈，晚上要加重止痛藥才能睡覺，我僅有的少少希望便差不多幻滅。

第二針化療後，病情仍是每況愈下，硬塊繼續增大，腹部進一步水腫，褲頭的紐扣早已扣不上，雙腳亦開始水腫，原來的鞋穿不下。一般的醫療程序是完成三針化療後才做正電子掃描，檢查腫瘤的變化，但鄭醫生見情況不妙，便不等第三針馬上安排我做掃描。三天後我拿到報告，回家一看，震驚到麻木了！5 釐米的腫瘤在短短的個多月已長到 11 釐米，以體積計是大了 6 倍！舊有擴散都增大了，還添了新的擴散，不用醫生說我亦知是必死無疑！並且未來的每一天會更加痛楚！《抗癌日記》便在這天停筆。

我和慧玉拿著報告相對呆坐，不知說什麼。我不能哭，因為她已淚盈滿腔崩潰了！在這極度艱難時刻，我有責任保護心愛的妻子。可能是這緣故，我才有力量站立著面對每一天。

這極壞的掃描結果對我的打擊實在太大，為求內心安祥，坦然面對死亡，我只有倚賴神。我跪在「慈悲耶穌像」前，誠心將一切交給創造我的主，隨祂帶領，我雖然不明白祂的作為，但相信祂自有計劃。因為我願意交託，耶穌便替我擔起部分千斤擔，但我又從不放棄懇求祂拯救我脫離苦難，因我知祂是慈悲的，並且有創造奇蹟的大能，只要我一天活著，便有一天的機會。這早晚祈禱是我在絕境中的稻草，助我維持著一絲希望，給了我生命力。

11 月 21 日覆診時，癌指數已升到 4,000，鄭醫生的面容已失去往日的光彩，說話的語氣亦顯出他已無能為力，只強調我的癌細胞特別兇惡，裂變得特別快。

慧玉亦感到我的病情已到了最後階段，便問醫生：「那麼，估計他何時下不了床呢？」

他想了一會，說：「大約年尾吧。」

天啊！那不是不消一個月我便要躺在醫院病床，痛苦地等待死亡！

免疫治療

Oxaliplatin 化療已明顯沒用，鄭醫生說可以改用另一隻較猛烈的化療藥，或試用 Pembolizumab 免疫治療。免疫治療是新發明的治癌方法，原理是利用自身的免疫系統，用藥物幫助它找出癌細胞，它便能執行防衛本能，把癌細胞吃掉，就如偵探找出匿藏的賊人，警察便可執行任務，緝拿賊人。但這療法才剛面世，還在試驗階段，亦不知合適哪種癌症，這藥物甚至還未有美國的藥物管理局（FDA）的正式批准，不為醫療保險接受，但鄭醫生說我的癌細胞基因裡，有個 PD-1 指數對我比較有利，因為這指數需要超過 50%，癌細胞才好辨認，免疫治療才有機會發揮作用，而我的指數卻是很高的 90%；另外，這療法對身體傷害較小，我應該受得了。

我的直覺是——傳統化療一定治不了我體內極惡的晚期腫瘤，倒不如試試新藥，未知的希望總比沒希望好。於是在 11 月 16 日我開始接受 Pembolizumab 免疫治療，程序與化療差不多，亦是三週一次。

開始免疫治療後兩個星期，肚痛好像輕了，腹部的拉扯好像少了，這是自出問題以來第一次有好的徵兆！是病有轉機嗎？我不敢相信，也不敢告訴慧玉，怕不是真的，使她空歡喜受打擊；又怕洩露了天機，破壞好事。

晚禱時我悄悄地問主耶穌：「是真的嗎，主？那猙獰的腫瘤在收歛嗎？但無論病情往後怎樣發展，今天痛少了就是你的恩賜，感謝主！」

但腫瘤仍是大大的一片凸現在腹部，雙腳腫如豬蹄，小便黃得嚇人，說話聲沙無力，胃納少得可憐，三、五天便來一次胃氣脹痛，胡思亂想又來了：是癌細胞擴散到胃了嗎？肝功能是否正在衰竭？說話無力是否因為橫隔膜受到損害？醫生兩星期前才估計我到年底便下不了床，這期限馬上便到！

我愈想愈怕，若不能衝出這些困擾，病情更難扭轉。我跪在「慈悲耶穌像」前，重複地向主傾訴我的憂慮，懇求祂憐憫我、救拔我。每次祈禱後，我都感到少許安慰，或許是主給了我安慰，又或許是我做了應做的事，內心有所釋放。

12 月 6 日覆診時，我懷著期望去見鄭醫生，希望他會告訴我病況正在扭轉，但他沒有！他的語調和表情並沒有任何特別的表示，使我感到十分失望。他只按計劃給我吊第二次免疫治療藥水，但他亦明智地沒有告訴我癌指數還在上升，後來我才知道那時的癌指數已升至 5,000 了！

約在 12 月中時，腹部拉扯的感覺真的消失了！除了還常常發生的消化不良及胃氣脹外，肚亦不痛了，病況真的在好轉！但

我不敢相信我的運氣，不敢信神真的特別眷顧我，賜我這樣大的奇蹟！我告訴了慧玉，她亦不敢奢望，經歷過極度的惡運，一而再、再而三的打擊，誰敢相信可以有這近乎神蹟的轉變？瘋狂擴張的 11 釐米腫瘤可以突然退縮？世界上哪有這樣幸運的事！

雖然理智上不敢相信，但直覺上感到奇蹟正在發生。我悄悄問主：「是你的大能在我身上顯現嗎？你不會讓我空歡喜吧！這好的徵兆不會是曇花一現吧！」

誰知過了兩天我又陷入嚴重消化不良，整整五、六天肚脹肚瀉，食難下嚥，尿又轉黃，胡思亂想又來了：是免疫治療藥物開始失效嗎？腫瘤在變異反攻嗎？

我又陷入心靈的戰爭，這些沒有答案的懷疑使我更加困擾。我只有跪在耶穌像前，向祂傾訴。

我恍惚聽到神對我說：「允中，我已在你身上展開了奇蹟，消除你的疼痛，我會半途而廢嗎？萬物有其時，農夫今天播種，明天便能馬上收成嗎？我告訴你，農夫假若不好好澆水施肥，卻整天求我保証收成，我必不給他！我是你信實的主，從不給人世俗的保証，但你若信賴我，便得醫治。你問自己這些沒有答案的問題，你的病會好半分嗎？我已給了你最好的醫生、最好的新藥，現在我要你替自己澆水施肥，做你該做的事。時候到了，你自然會痊癒。」

於是，我便拋開疑慮，專心護理自己，及找尋有意義的事來做。

神賜奇蹟

　　12 月 19 日在驗血準備做第三次免疫治療時，鄭醫生看見我的肝功能大幅回升，感到有點詫異。此時水腫逐漸退卻，腫瘤亦眼見縮小了，他便淡淡地說：「看來免疫治療對你似乎有效。」

　　水腫退後才現出我真實的體重，原來是瘦了足足十多公斤，胸部顯現出一行行的肋骨，褲頭可放入兩個拳頭，左面肋骨下的小肚陷了下去，右面肋骨下還見到凸起的硬塊。

　　經過了四次免疫治療後，在 1 月底又再做正電子掃描，我拿了報告回家，在打開前，我跪在「慈悲耶穌像」前祈禱：「主耶穌，我信靠你。你既已在我身上行了奇蹟，一定會把它完成，因你是信實的主。我將我的全部交託給你，祈求你給我一個好的報告，但無論報告是怎樣，我都會接受，我接受你給我的一切安排。」

於是，我戰戰兢兢地打開報告，快看一遍後再細看，感動得抱著耶穌像雙腳流下感恩的淚！

「腫瘤大幅收縮了八成；橫隔膜、肺淋巴、盤骨及腎上腺的原有擴散已全部消失。」

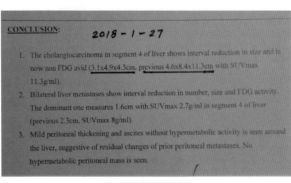

正電子掃描報告

過了兩天覆診驗血，亦發現癌指數大幅回落，一向說話保守的鄭醫生形容這發展為「非常突出」。

毒瘤由瘋狂地生長到一下子便被大幅消滅，使我掙脫死神的利爪拾回生命，的的確確是個奇蹟，只有全能的神才能做到！這見證了聖經中一句話：

> 在人不可能，但在神卻不然，
> 因為在神，一切都可能。

（谷 10.27）

神給了我第二生命，我死心塌地感謝祂，我深信很快便可以完全擺脫癌症，恢復以往多采多姿的生活。我敦促自己要對人多加愛心和包容，我明白從 2018 年元旦開始，每一天都是神給我的特別恩賜，我得好好為祂工作。

　　我要向大眾頌揚神的偉大和奇妙，使更多人信賴祂及得到祂的眷顧。在台上說見証非我所長，但我可以訴諸文字，把我的神奇經歷如實寫成故事，雖然我的文筆十分普通，但只要情節真實、感情真摯，應能打動人心，使癌病同行者得到鼓勵。於是，我開始執筆寫我的第一本書：《與癌症搏鬥——我怎樣走出四期癌症》。

第二章

復發無懼

抗癌第二仗

2018 年 4 月，我的癌指數已由高峰的 5000 穩定地回落至 44（正常是 27 以下），肝功能亦漸趨正常，免疫治療的週期便由三週變為四週。除了消瘦和胃口差外，我已不覺得自己是個癌症病人，並已回復到正常但偏向輕鬆的生活。

6 月初的一天，我和中電球友在沙田圓洲角體育館玩草地滾球。在舒適的冷氣球場內，大家開心地互展功夫，玩罷一起到鄰近的愉翠商場茶餐廳吃下午茶。我說要隔一會兒才到，因要到威爾斯醫院詢問一周前的癌指數檢驗結果。

護士核對身份証後，對我說：「68！」

我以為是聽錯了，反問她：「68？不會吧，我上次已是 44了！」

她回答：「不錯，上次是 44，這次是 68。」

我即時被嚇呆了！自做免疫治療以來，癌指數一直每期下降30%，這期指數卻回升了，不就是癌症復發嗎？這打擊很大，使我十分氣餒，奇蹟只實現了一半，這麼快便美夢破滅，生命又懸在線上，我感覺像一個已獲特赦的死囚被推翻了特赦，死亡的陰影再次籠罩著我，將我徹底擊潰。

　　我啞然離開醫院，走到茶餐廳，對著球友但跟不上他們興高采烈的談話，這美好的世界又將沒有我的份兒。回到家裡我告訴慧玉這壞消息，她十分激動，重複地喊著：「怎會這樣？怎會這樣？」

　　我不敢向她分析這復發意味著的凶險，我沒有停藥啊！那麼這復發的腫瘤是不怕那神奇的免疫治療藥 Pembolizumab ！神藥已經不神了，癌細胞已不再怕它，它原來是有壓倒性的效用，為什麼現在突然失效？是癌細胞產生了抗藥性嗎？是因為用藥隔疏了讓癌細胞有喘息機會反攻嗎？若是這樣我便是真正無辜了！

　　癌症復發加上這些疑問將我完全打沉，我又回到行屍走肉的日子，好像與這世界隔了一度灰色玻璃，只可見到但沒我份兒。我察覺到自己在漸漸康復時，祈禱卻少了，有時祈禱又像例行公事，沒有把心靜下來與主細談。我被驚醒了，怎可以忘記是藉著神的恩典我才能跨過那死門關，不應該洋洋自得把神拋在一旁。

　　我知錯了，我跪在「慈悲耶穌像」前，求祂原諒：「我的主耶穌，我知錯了！但你既然在我身上行了奇蹟，是不會中途而廢的！你說過你愛屬你的人會愛到底（若望福音 13.1）。我懇求你

醫治我，讓我帶著健康的身體去推廣《與癌症搏鬥》這書，鼓勵眾多與我同受癌症煎熬的人，奮力抗癌。」

「我完全降服於你，我希望得到醫治，但一切按你的意思。」祈禱後，我感覺精神壓力鬆了一些。

覆診時，鄭醫生見我垂頭喪氣，雙目無神，安慰我說：「一次指數回升不能作準，要看指數的趨勢。」話雖如此，他卻不浪費時間，立即安排我做正電子掃描。

7月6日我拿著未敢看的報告見他，他看過後，用他一貫響亮自信的語調對我說：「有壞消息也有好消息。壞消息是在原發腫瘤的旁邊，長了一個新瘤；好消息是新瘤只有一個位置，而且很小，只有3釐米，可以處理。」

他又說：「處理這新增腫瘤有幾種方法，我建議用電療，因為這方法對身體的傷害最小。」隨即他便替我約電療醫生。

鄭醫生真會說一個好醫生應說的話，「有好消息」及「可以處理」這兩句話，給了我和慧玉無比的希望和鼓勵，抹去了被宣判死刑的感覺，我不再害怕。我們離開診所時，臉上竟帶著笑容。

電療

　　廖醫生是腫瘤科電療專家，他計算好放射線的劑量及次數，安排我到浸會醫院做「立體影像導向射線治療」（SBRT），利用掃描影像引導射綫聚焦於腫瘤，使射綫產生最大作用，同時減少對旁邊器官的損害。但人體內臟腑的位置會隨著睡姿及呼吸而變動，所以兩者皆要嚴格控制。

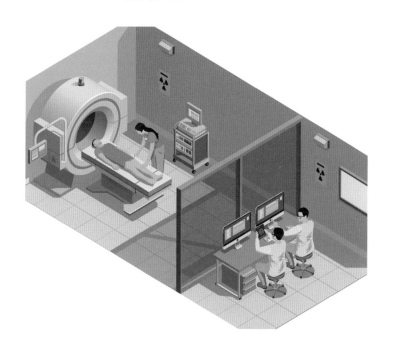

　　首先我躺在一張模擬掃描床上，上身墊著一個可充氣的大膠袋，把雙手遞起放在頭後，模擬接受射線時的姿勢，技術員便向膠袋注入化學泡沫，只 5 分鐘，化學泡沫凝結硬化，成為我的模

具，固定我每次的睡姿。隨著便是呼吸控制訓練，我戴上一個浮潛的面鏡，咬著接上儀器的氣管，用口呼吸。他們在儀器上見到我吸氣剛滿時，便關掉供氣掣，我的呼吸便自然停在那狀態，十數秒後他們恢復供氣讓我正常呼吸。為確保我不會窒息，我手上拿著一個緊急掣，可以自己恢復供氣，但這樣做是會擾亂電療，非緊急時不要用。浮潛是我的拿手好戲，帶面罩咬吸管早已習慣，這樣反覆練習了四、五次，找到最合適我的時間是 20 秒。

真正做電療時，儀器的放射頭繞著我的身體慢慢地轉及發出射線，每次 20 秒，然後停下約一分鐘讓我調勻呼吸，再做下一次。射線是感覺不到的，我只聽到隆隆的機器聲。閉氣 20 秒起初很容易，不知是否心情緊張，後來卻愈來愈難；又因造模具時我的手伸得太直不自然，握著緊急掣的手很快便開始麻痺，手若一鬆機器便停下來，射線的計算便被擾亂，所以情況十分狼狽，但總算能按計劃在兩週內完成共五次半小時的電療。

免疫治療引起的皮膚痕癢自開始便從未停過，電療更使這問題嚴重起來，雙腳出滿紅疹，皮膚差不多裂開，癢得厲害，各種止痕膏都無效。白天還可以勉強忍受，晚上則很難入睡，經常半夜醒來要用幾個冰袋冷卻患處，使皮膚神經麻痺，痕癢才得紓緩。

電療後，原本差的胃口變得更差，身體更加消瘦，但重要的是癌指數開始掉頭下跌，我又重踏上康復之路，回復正常的生活。回想起獲悉復發時那段行屍走肉的日子，實在是過分反應。復發不是死刑的宣判，如鄭醫生說，這是「可以處理」的。

出版《與癌症搏鬥》

自從免疫治療在我身上發揮奇蹟，我已向神許諾出版一書，講述我怎樣倚靠著神成功抗癌，讓大眾同路人得到鼓勵，激起意志跟這惡魔博鬥。我不善寫作，執筆寫書除了文筆上的困難外，還要有不怕人見笑的勇氣！但既然是神給我的任務，我便盡力去做，寫書見証神的奇妙，見証晚期癌症是可以克服的！

《與癌症搏鬥——我怎樣走出四期癌症》完稿於 2018 年 4 月，寫書時滿以為這會是一場乾淨利落的勝仗，誰知到 7 月書正式出版面世時，癌症已經復發，我還要與這惡魔搏鬥。但我仍四處奔走推廣這本書，希望能讓多一些人得到鼓勵。蒙朋友幫助，這書應去到不少癌症病人手中，有到書店購買的，有通過癌症互助團體得到的，也有從政府圖書館借閱的。給我最直接滿足感的是一個同患上膽管癌的女士，她亦是鄭醫生的病人，碰巧大家在威爾斯醫院相遇，她說我寫的各種感受就是她的心聲，她連看兩回，感到精神振奮，前路充滿希望，這使我覺得自己做了一件有意義和神喜悅的事。

我已缺席同學的每月茶聚差不多一年，他們看過《與癌症搏鬥》後，知我奇蹟地走出四期癌症，我重回茶聚時大家都興奮地向我讚美，卻不知我已開始了打第二仗。

啞鈴十八式

　　在這癌症治療期間，為了強壯身體，增加自身的免疫力，理應多做運動，出外緩步跑我怕日曬雨淋，到健身室運動又容易汗濕著涼，於是在網上找到一個啞鈴體操的示範片段，動作多樣化，有「蝴蝶拍翼」、「跨步下蹲」等等共十八招式，四肢及軀幹各部分的肌肉都需運動，同時亦鍛練心肺功能，看來對我十分合適。

啞鈴十八式

我每週操練三次，隨著電腦播放著六十年代歌曲，先做一輪原地踏步熱身，然後每式做 15 至 30 次，一式完了便略休息半分鐘，抹汗喝水，再做另一式，整套運動約花 45 分鐘，做完後四肢相當疲累，但精神卻感覺舒暢。

2018 年 11 月初，已做了「啞鈴十八式」兩個月，四肢及腰部的核心肌肉開始結實，大腿猶為明顯，每次蹲下時，雙手可以摸到起角的大腿肌肉，心裡泛起一陣滿意。身體既然上力，便想試試跑步，已一年多未跑過了。我住的屋苑有個很大的後花園，緩跑徑一圈剛好 200 米，還有些樹蔭。這天天氣清涼，便穿上運動鞋、短褲、長袖 T 恤及外套，帶了開水及短袖 T 恤，往花園去。

花園沒有人，只有幾隻斑鳩在草地上覓食，我將東西放在燒烤場的餐桌上，脫去外套，開始急步行熱身。三圈過後，我換上短袖 T 恤，以最慢的速度起跑，經驗告訴我，起跑愈慢便能跑得愈遠。緩跑徑是依著地形有少許上落坡，跑起來有點困難，以往我一口氣只能跑兩個圈，這天我不設目標，走著瞧吧！

完成一圈了，感覺良好；第二圈亦是慢慢地跑，亦輕鬆完成了；第三圈時因為已跑順了，不自覺地加快一點，這時我亦為自己的良好體能高興，更有信心，於是繼續又多跑一圈，一口氣跑了四圈！這八百米的路程在一般人當然不值一哂，但於我已是一大進步，能有這良好表現，完全是「啞鈴十八式」的功勞。

我繼續保持每週三次啞鈴體操，體力亦持續進步，最初我用三磅啞鈴做「蝴蝶拍翼」，只能連續做十次，現在卻可以用五磅啞鈴，一口氣做二十多次，實實在在覺得全身充滿力量、充滿自信。

再次復發

電療後癌指數持續回落，11月初已達至正常水平，真開心！看來體內的癌細胞已清除乾淨，我可以重拾活躍的生活——打球、浮潛、上教堂、同學聚會、義工補習等等，人生多美麗！

我開始計劃明年的浮潛旅行，馬爾代夫最好的天氣在 2 至 4 月，只要避開復活節假期，機票及酒店都不會太昂貴。我選擇了十來個價錢適中的島嶼，在他們的網站研究各島的珊瑚礁和設施，幻想著浮在清澈的海水中輕輕踢著蛙鞋，在珊瑚之上和魚兒嬉戲。

馬爾代夫珊瑚礁

我開心了不到一個月，11月尾卻見癌指數又復回升，就如一盤冷水潑在我頭上，把辛苦賺來的成果和歡欣都淋熄了！我怎麼這樣不幸，電療只過了四個月，那魔鬼又回來！還要捱兩週焦慮才是覆診期，這兩週怎樣過？

我感覺額頭被箍上金剛圈，又重又實，每時每刻都十分辛苦。情緒管理大師余德淳說過，焦慮襲人是會疊加的，若讓焦慮念頭停留在心中，感受到的壓力便以倍數上升。

「不可以！不可以焦慮著過日子！我要好好整理我的思緒。」我跟自己說。

首先，我不去猜測這次復發會有多壞，猜測只會加深憂慮，又無補於事。

我擔心死亡嗎？現在確是有死亡的威脅。死便死吧！誰人不死，反正我這條命是撿回來的！況且鄭醫生說過，有很多治療的方法，康復是有希望的！現在就馬上撇開希望想著死亡是不合理的，亦不是神所喜悅。

在這不明確的情況下，我應將這問題交託給神，不問明天將會如何，因為那是神的權柄，而我只是祂創造的人，怎可以越過人的本位要知明天！明天來時，神便會告訴我明天的事，及帶我去走。

去年我瀕臨死亡時，神賜我奇蹟地活命，我是祂的好兒子，只要做好我的本分，祂定會給我好的安排。那麼，我今天應怎樣安身立命？

整理思緒後，我決定：堅信神會攙扶我戰勝這場搏鬥；僅守本分，把自己交給神，不猜測各種可能性，不去擔憂明天，明天是在神的手中；做神所喜悅的事，發揮能力，活好今天，帶給自己及身邊的人正能量和快樂。

我繼續遁序漸進做運動，每週三次啞鈴體操；選擇有營養及易消化的食物；小心衣著，避免著涼；和往日一樣與朋友接觸、活動；關心時事，關心親人。這兩週我便這樣倚靠著神較平和地度過。

新一期的癌指數確定了復發，正電子掃描顯示，除了在肝臟電療過的瘤死灰復燃外，肺部還添了三個小瘤。

鄭醫生替我換了另一隻免疫治療藥 Atezolizumab，及加上肺癌標靶藥 Avastin，仍是三週一次。新藥看來有效，癌指數又連續下跌數期，我的心情又鼓舞起來，更加珍惜生命的每一刻及身邊的人。

滾球比賽

2019 年 1 月 19 日，是我自患病以來第一次正式出賽草地滾球，這是冬季三人賽，每隊派出三個三人組。慧玉陪著我開車回到青山發電廠，甫踏入球場即感受到熱烈的比賽氣氛，只見兩隊客隊及我們 A、B 兩隊共 36 名球員，穿著鮮明的球衣，在綠茵場邊磨刀霍霍，把滾球擦得閃亮。好幾個中電的隊友過來向我問候，隊長達哥說這天真不巧壓草機壞了，沒有壓草，使本已沉重的場地更重。拍檔了 30 年的戰友阿潘更關心我說：「Jimmy，不用搏命，假如草太重的話就讓球短了便算，健康第一，勝負其次。」

我搬了一張白色膠椅放在場邊的樹蔭下，讓慧玉可以舒適地觀看比賽。我們的對手是海關隊，他們牛高馬大，看來不怕重地。在正式比賽前的規定試球中，大家都感受到未壓草地的沉重阻力，絕大部分的試球都未能滾到目標白球（Jack），我更加視為熱身，只把球輕輕滾出去，遠遠未到白球，慧玉看得十分擔心。

比賽正式開始，第一回合由海關先發球，他們自覺在氣力上佔優，便將白球放在最遠的位置。但他們雖然力大，卻不善控制，無法接近白球，反而我打的三球都在白球旁，是那回合兩隊的 18 個球中最好的三個，取得 3 分。

賽至中途，在另一球道比賽的阿潘走過來問慧玉：「Jimmy 能應付嗎？」他有這疑問是因為我以前打重地時，曾經扭傷腰

骨。慧玉笑著回答：「他打得再好也沒有了！」結果我雖然打得吃力，我隊卻大勝海關。更重要的是，我克服了黏重的場地，可以重新歸隊做正選。

自練習「啞鈴十八式」後，我的精神、體力及自信都提高了，生活豐富了，感謝神的引導及賜給我毅力。

滾球比賽

第三次復發

這次轉藥的抗癌效果比電療更短，不到三個月，癌指數又再度上升，把我第四度打到生命的邊緣！為什麼這惡魔總是揮之不去，這次我還能逃出生天嗎？

我又做了正電子掃描，拿到報告時自己不敢看，因半懂不懂只會引起焦慮。

鄭醫生研究報告後，淡淡地說：「肺部的三個小瘤都縮小了，基本上已受控。」

他停了一停，再說：「在肝臟的瘤大小沒有變，但活躍性卻大幅提高了！不用擔心，可以施手術把它切除，又或把有問題的那葉肝臟整葉割掉。（肝臟除了分左右部分外，亦可分為八葉，每葉的功能大致上是獨立。）我繼續替你注射 Atezolizumab 免疫治療藥。至於手術醫生，我可以給你介紹，你亦可以自己找。」

困擾了我們整個月的第三次復發，經他幾句話便好像已解決了，我和慧玉相對一笑，我的生命仍是充滿希望。

消融手術

因為我們有朋友認識一位出名的肝臟醫生，經他介紹，我們便直接去見這醫生。李醫生仔細研究我的病歷及掃描影像後，卻搖著頭對我們說：「這腫瘤割不了，因它牽涉到兩塊肝葉，並且貼近肝臟的主動脈。」

我聽了立時覺得整個天黑下來！鄭醫生說來像是一個簡單手術，但現在主理手術的醫生卻說「不能割」！電療及藥物已無效了，那不是死路一條嗎？

李醫生再將報告翻來翻去，最後說：「你的左肝已纖維化，沒剩多少功能。這樣吧，現在先做一個特別的肝功能測試，再決定下一步怎樣做。」

過了一星期，我回去見李醫生，他說我的肝功能特別測試尚算可以，決定替我做消融手術（Radio Frequency Ablation）。消融手術的原理有點像微波爐，是插一支針頭入肝臟的腫瘤，針頭發出熱電波將腫瘤燒死，只需留院三天；若一次未能燒清腫瘤，可重複再燒。

這手術聽來很簡單，我舒了一大口氣，心想：我有救了，而且是小手術，不用動刀開肚。

2019 年 4 月我做了消融手術，一個月後再做電腦掃描檢查，李醫生說腫瘤已燒清，不需再燒。癌指數亦隨著下跌，我又一次戰勝了癌症，重拾正常的生活，打桌球、草地滾球、茶聚等等。

只是消融手術後我的胃口更差，吃少少東西便覺胃脹，兩個月亦未有改善。我回去見李醫生，但找不出原因，他只說我的老膽管問題影響胃口是常見的事。

鄭醫生繼續替我做免疫治療，癌指數再次一路下跌，看來這次我真的能夠把癌魔徹底殲滅！

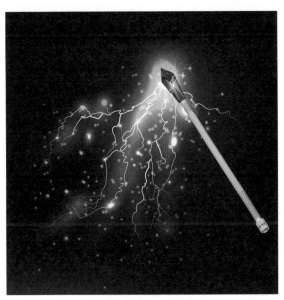

消融手術示意圖

第三章

急性黃膽

急性黃膽

2019 年 6 月 22 日，我發現尿液的顏色突然轉黃，第二天竟然深色得像普洱茶，慧玉說我的臉和手都帶青黃色，我知是膽管淤塞了，從前我患膽石時就是這樣。我馬上給李醫生電話，但他不在香港。我便找鄭醫生，真倒霉，他第二天亦要飛去美國講學！但他知情況危急及考慮到我在星期日難找醫生，便安排曾替我做電療的廖醫生先收我入院做掃描檢查，然後廖醫生再找肝膽外科醫生給我做手術。情急之下，只有這樣安排。

當晚我肚子劇痛，全晚沒睡，第二天早餐只吃了兩口白粥便嚴重嘔吐。我不敢開車，由慧玉開車送我到浸會醫院，廖醫生馬上安排我做超聲波及電腦掃描，及找來肝臟外科秦醫生。

秦醫生看過報告後對我說：「你肝臟內有一個很大的膽汁囊（biloma），在消融腫瘤的位置，大約 6x5x4 厘米，裡面載滿膽汁；總膽管估計是淤塞了，所以導致急性黃膽。肝功能全部不合格，膽紅素超標 6 倍，屬危險水平。我會用內窺鏡從口腔進入肝臟，放入支架，疏通膽汁。」

他們把我全身麻醉，本來估計半小時的支架手術做了個半鐘，第二天秦醫生向我解說，他的驚訝語氣已表達了他發現的糟糕情況：「膽汁是肝臟工作後的副產物，肝臟內佈滿膽管網，左肝的膽汁匯聚在左膽管，而右肝的膽汁則匯聚在右膽管，左、右膽管然後合併成總膽管將膽汁排到腸道。若膽汁排不走，肝臟便不能工作，那當然是十分危險。」

肝臟及膽管網示意圖

「你的左膽管是差不多全閉塞，膽鏡不能通過，但這是老問題，與現在的病徵無關。」

「右膽管可勉強放入膽鏡，但注入的顯影劑全都去了膽汁囊，膽管網的具體情況沒法看清，只知右膽管有個大破口，膽汁從破口漏出，積聚在消融手術留下的空間，成為膽汁囊，而膽汁囊又壓著總膽管，造成完全堵塞及急性黃膽病。最後我放了一條支架小管入右膽管，把膽汁排到腸道。」

做了支架手術疏通膽汁後，肝臟恢復工作，膽紅素逐漸下降，這一疫緊急黃膽病算是跨過了。留院五天，肝功能恢復得七七八八，雖然腹部仍十分痛楚，但廖醫生說可以出院了。能出院回家當然有幾分喜悅，但我知問題只是暫時紓緩，未曾解決。

膽汁囊

7月4日李醫生回港，我馬上去見他。他看過最新的掃描及支架手術報告後，嚴肅地對我說：「那個秦醫生怎可讓你在這情況下出院！支架只是臨時措施，不能消除膽汁囊。現在需要替你從體外插兩條 PTBD 喉管入肝臟，一條是插入左膽管，排左肝的膽汁；另一條插入膽汁囊，排右肝及膽汁囊的膽汁，用兩個膽汁袋接著。」

從體外插管入肝臟？我嚇了一跳！於是我問：「要插多久？」

「左邊那條或許將來可以拔掉，但右邊那條恐怕要長期插著。」

一世在肚皮上插著管子攜著膽汁袋！不能玩我熱愛的草地滾球，不能到馬爾代夫浮潛，甚至連跑步及體操等保健運動亦不能做，生活還有什麼趣味！

「插一世？我不能接受！」

「能不能接受日後再說吧，現在你需要儘快入院做手術，否則膽汁囊會引起其他問題。」

他是名醫，我只有聽從他，馬上入院。他沒有解釋我是怎樣得到膽汁囊。為了對他尊重，我亦沒有問膽汁囊是否因消融手術失誤所致，他以前說過腫瘤被燒死後，身體會自然清理廢物及長出纖維組織去填補空間，那麼，現在為什麼纖維組織沒有長出來？為什麼那空間變成膽汁囊？

插管如刀

我當晚便入院，左手馬上被插上俗稱「豆豆」的靜脈注射器，開始連續七天 24 小時的抗生素注射。一包包的抗生素掛在一個帶輪子的高架上，藥水經過輸藥機、膠管及「豆豆」「滴滴答答」地注入我的血管內。「吊藥」使我失去了行動自由，還要 24 小時小心翼翼保護「豆豆」免受觸碰。

經過 6 小時禁止飲食，再等候兩、三小時，我被推入 X 光手術室，醫生在我的腹部打局部麻醉針，看著屏幕把一根喉管插入我的腹部，在裡面轉來轉去，好像一條蚯蚓在泥土裡鑽洞，它鑽一下我便作嘔一下，十分噁心。他做了很久，拍了幾張 X 光片，我感到醫生在皮膚上縫針的刺痛，以為完事了，誰知他又在腹部左邊打麻醉針，插入東西再來一次。終於左邊亦做完了，他們將我推回病房，我腹部貼滿紗布，兩根膠管像幼竹支樣子從紗布中伸出來，管中是褐黃色的膽汁，極緩慢地流出來分別盛載在兩個大膠袋內。這時麻醉藥的效力已過，我感到腹部劇痛，就像肚裡插著兩把尖刀。

我全身喉管，動一動便劇痛如刀剮，整天就只有像一件廢物躺在床上。抗生素又令我更沒胃口，身體虛弱；上廁所已是一件

大工程，需要慧玉幫忙理順三條喉管、推吊藥機及拿膽汁袋。除了劇痛外，我還要忍受極度的動作約束。

劇痛日夜不停，雖服了兩種止痛藥亦不覺有效！但是沒有辦法，只有強忍痛楚，躺在床上待痛楚減退。這樣捱了三天，左管出汁很少，刺痛亦減少了。但右管卻剛好相反，一天排出三、四百毫升膽汁，劇痛絲毫沒減，身體動一動那條管便好像尖刀在肚裡剷一下，痛得要命。腰部不能彎曲，吃飯要站著吃，其他時間都是躺在床上。

這次入院以來，不知為什麼，李醫生甚少與我們說話，他沒有解說我的肝臟有什麼問題，沒有說他會怎樣醫治我及排膽汁要排到何時，我只知膽汁囊自消融手術以來已存在，裡面有很多污垢，所以右管排出的膽汁十分混濁。又因為肝臟 24 小時工作不停，排汁也是 24 小時不停。

我捱了幾天像被刀插的痛楚，度日如年，又不知要捱到何時，便問李醫生醫治我的計劃。或許是我問得不夠婉轉，他視我的詢問為對他醫術的質疑，板起面孔，冷冷的說：「你的情況很複雜，醫書也沒有說，現在只有見步行步，看情況而定。」

醫書沒說！見步行步！我聽了感到更加徬徨。

這還未算！他繼續補充說：「膽汁是污穢的東西，會滋養出各種細菌，因膽汁囊已在你體內形成了一段日子，細菌已在你的肝臟做好了寶長住，抗生素只可以遏止它們的活動，卻不能消滅它們，將來它們會間中走出來給你麻煩。」

噢！又多一個沒完沒了的問題！但此時腹痛已夠我受，將來的問題將來再算吧。

李醫生非常忙碌，每次來時只匆匆看我幾眼，他不在港時便派助手金醫生來。

我問金醫生：「為什麼左管不痛而右管卻痛得要命？不知右管有沒有問題？」

他回答道：「右管的膽汁出得很暢順，紗布又沒滲出膿水，一切都很正常。」

「但是我很痛，估計還要痛多久？」

「我不知什麼時候才可不痛，人人不同。」

我見問他消痛不得要領，便轉問營養：「我的胃口非常差，營養不夠，有沒有幫我開胃的辦法？」

「注射抗生素是會引起作悶及胃口差，沒法避免，你必須接受。」

他的答話一點沒為我紓困，加上他與李醫生同樣的冷漠敵對語氣，把我的情緒進一步打沉。我像墮入黑暗的深淵，見不到將來，不知要痛到何時？

插著管出院

好不容易捱了八天又痛又殘廢的日子，終於吊完了一個抗生素療程，可以帶著兩條插管、兩個膽汁袋出院回家，兩週後覆診。右管仍像尖刀刺痛著我，慧玉開車已特別小心，但遇上馬路稍有不平時，那管子便要命地戳我一下。

回家前我得先去剪髮，因我的頭髮已長得像個野人，我知若回到家後，我便沒有勇氣捱著痛出外理髮。下午 4 時是粉嶺 QB 理髮店較清閒的時間，慧玉在商場門口讓我下車，我忍著痛緩慢地步入商場，乘扶手電梯上一樓，行去不遠的 QB 店。望去見一個師傅正在替客人剪髮，沒人在等候，真好！快到門口了，身後突然閃出一個漢子，快步越過我，搶先坐在一號輪候凳上。我眼巴巴看著他搶了本應是我的位置，只有怨自己插著管行得太慢。但我實在太痛了，輪候凳又沒有椅背可挨，我坐不了，只好上前求他讓我先剪。

我一面展示身上的喉管一面說：「先生，我剛剛出院，可否讓我⋯⋯」

我的話還未完，他已用敵意的態度拒絕了：「個個人都是這樣說！」

我知他心裡正慶幸自己巧妙地奪得這第一位置，怎願平白交出這勝利品？但我實在太痛了，顧不得尊嚴，只有低聲下氣再求他：「先生，我實在很痛，可否讓一讓我？」

他見我的樣子著實太可憐，悻悻然讓位給我。後來他見了我上落理髮椅的痛苦模樣，我離開時再向他道謝，他才帶著笑容接受。

踏入家門，小狗寶兒見我回來開心到發癲，全屋跑來跑去，撲上我膝蓋要我抱，又用頭面挨擦我的腿，牠的真摯熱情使我大為感動。

第四章

地獄之行

劇痛求死

因為我的左肝已大部分纖維化，功能很少，左管排出的膽汁亦很少。右管卻每天排出約 400 毫升，並且相當渾濁，因為膽汁囊內有很多廢物，出院時金醫生囑咐，如果排量減半便要入院檢查。想不到回家沒兩天排汁竟然停了，於是立刻回醫院，在超聲波儀器下 X 光醫生替我通了排管。還好，可以當天回家，不用留院。

誰知過幾天喉管再次淤塞，我只有再度入院治理，雖然上次留院我嘗到一生未曾經歷過的肉體痛苦，但我怎也沒料到這次更是走入了十八層地獄！

2019 年 7 月 18 日，我早上先到威院做癌症免疫治療，下午轉到另一間醫院，由金醫生處理我的膽汁囊。

這次金醫生親自出手通管，他沒有用超聲波儀器，就在病房內直接把右管接駁到一支大針筒，猛力一抽，拉出真空把渣滓吸出，我感到腹部被人重擊一拳，陷了下去！結果喉管是通了，但排出的膽汁帶有血水，痛楚加劇更不用說。

我服用的止痛藥已包括強力的 Arcoxia 及 Tramadol，但仍劇痛難當，金醫生再替我打一支嗎啡針，痛楚才減退，晚上睡前還在肛門塞入止痛條。

到半夜 3 時，劇痛突然來了，是前所未有的劇痛，超出我的極限！我躺在床上痛得不停地呻吟，央求護士替我打嗎啡針，但

護士說不能打，並且止痛藥已用到極限，不能再加。我一生人從未經歷過這樣的劇痛，實在捱不住！劇痛一路持續、絲毫不減，我呻吟又叫近一小時，差不多要死了，護士終於通知金醫生。

金醫生很不滿意半夜被召回醫院，一見面便不客氣地責備我說：「你不要去想著它（痛），愈想自然便愈痛。」

好像這痛是我想像出來的！

他的無情使我失去理智，我一面呻吟，一面大喊：「醫生，我受不住了，你殺死我吧！」

他面色突變，憤怒地說：「你怎可以這樣說話！」

我知是說錯了話，但我實在受不住這酷刑，只有哀求說：「醫生，我痛得想馬上死去，求你幫我打止痛針。」

他教訓我說：「嗎啡針不是隨便可以打的，打多了你會上癮！」

我痛得死去活來，哪理得上不上癮！重複地哀求：「醫生，求你幫我打！」

他斟酌一番後，終於替我打了嗎啡針，解開這個劫。這藥真的神奇，很快我便完全不痛，睡著了。

第二天早上又做電腦掃描查找劇痛的原因，X光醫生說沒有特別發現，但解釋昨晚的劇痛是因為有內出血，還好現在沒有出血了。

僅過一天，右管又塞了，膽汁便從插管與肚皮之間的縫隙漏出來，紗布及衫褲全都弄髒了，發出陣陣惡臭，怎麼我的問題愈弄愈糟糕！

摸石頭過河

　　由於右管頻頻淤塞，7 月 23 日便到手術室換上大一級的十號管。但暢順排汁只維持了兩天，喉管再度淤塞！護士用一個帶有一對滾軸的鐵鉗（miller）碾磨排管，製造少許真空幫助抽出膽汁，這方法笨拙又費力，有時有用，但有時努力半小時也通不了喉管。

　　往後一星期，李醫生每天大清早便到來例行巡房，但他不與我說話，從不問我覺得怎樣，又不向我解釋病情進展，他會站在床尾翻閱檔案，問護士關於我的情況，再向護士說幾句醫學術語便欲離去。

我要把握準他稍為空檔的時間發問：「醫生，我現在的病情是怎樣？要怎樣去醫治？」

他便硬繃繃地重複上次的回答：「這問題你已問過，我已經說過你的情況很複雜，醫書也沒有說，現在是摸石頭過河，要看情況。」

我心中嘀咕：「摸石頭過河！要看情況！那我要痛到何時？何時才可出院回家？」

有時我不識趣地繼續問：「膽汁囊有沒有縮小？」

他不耐煩地答：「膽汁囊不會很快便縮小，要做電腦掃描才知道，現在沒有必要做。」

我不得要領，他已轉身走向門口，留下我和慧玉在黑洞裡掙扎。

精神倚靠

由 6 月尾急性黃膽開始到這天，我已連續劇痛了三十多天。因病情複雜，醫生說只能見步行步，不知什麼時候才能痊愈、才能不痛。起初我以為假以時日，纖維組織會長出來填補空間，膽汁囊便被消滅，我便可痊愈出院。但自出問題以來，李醫生沒有再提及纖維組織，是否現在纖維組織不會長出來、膽汁囊永遠不會消失？

無止境的痛苦，見不到痊愈的希望，我精神崩潰了。

我呼求主耶穌：「慈悲耶穌！你在哪裡？聽到我的呼求嗎？你曾三番四次救了我的命，救我脫離災難，我感恩無限，但這次我已連續痛了三十多天，整天躺在病床，又吃不下東西，我支持不住了！」

「我的神呀，我信賴你，請你快來，就像你救『但以理』脫離火窟一樣把我救出來吧！我是你愛的門徒，你一定聽見我的哀求。主耶穌呀！我把一切一切交託給你，求你救援！」

雖然此時的痛比早前減了一些，但經過長期的折磨，我的捱痛能力及意志已消磨殆盡，最怕來探病的人叫我「加油」，我實在無油可加了。

一次慧玉不在，一名護士進來時，我竟然伏在她肩上哭起來！

漫漫長夜最難熬，夜夜失眠，慧玉白天已夠累了，晚上又怎好打擾她的睡覺。人說輕音樂可助人放鬆，但我實在沒有心情聽輕音樂，唯一可倚賴的是一些求主憐憫的聖歌，我在心中向主呼求：「主呀！我受不住這折磨了！你為什麼給我超過我能力的磨練？耶穌呀！我咁乖跟隨你，你在哪裡？減輕我的痛苦吧！我實在捱不住了！」

　　關神父來探望我，替我「傅油」，他解釋「傅油」聖事不局限於臨終病人，一般病人亦可藉「傅油」聖事求神醫治。兒童村的張修女也來了，握著慧玉和我的手一同祈禱。神父和修女的探望加強了我與神的維繫，我相信他們的祈禱更能獲得神的垂聽。

　　每晚睡前，我和慧玉亦必一起祈禱，因為耶穌說過：

　　若是你們中間有兩個人在地上同心合意地求什麼事，
　　　我在天上的父，必為他們成全。（馬太 18.19）

　　在這艱苦及不見前路的日子裡，神是我們的唯一倚靠。

自數家珍

　　這天我正躺在床上吊藥，在看平板電腦的慧玉忽然歡欣地高聲說：「今期癌指數大幅下降了，只有 20，已是正常了！」

　　原來她看見鄭醫生給我的電郵，發現這極好消息！這不正是神在回應我們的哭訴、給我們鼓勵嗎？既然有癌指數的好消息，我應該振作起來，積極地去過這段艱難的日子。我要調整思維，不去想我的病，代之以快樂的回憶，及神賜給我的各種恩寵。我在心裡督促自己：「醒覺吧，允中！剛才的癌指數訊息就是極大的恩寵，不要讓自己沉淪，而是要快樂地活著。」

　　我躺在床上，回憶我一生的樂事，大的小的，實在很多很多，它們都栩栩如生地活在我的腦海裡，我怎樣克服艱難的大亞灣工

作、怎樣贏得慧玉的垂青、怎樣打出一場好球等等場景重現眼前，我把它們一一寫在手機上。隨後的一段日子，我將時間和精力放在寫故事上，共寫了三張長長的清單，現摘錄部分故事：《快樂的事》（附錄一）、《神的恩賜》（附錄二），放在附錄給讀者作示範。

雖然腹部痛楚沒有減，還是 24 小時拖著靜脈注射機，全沒食慾，但因為滿腦子想著快樂的事，日子比以前好過一些，再沒有哭了。

說來奇怪，漸漸地，疼痛少了一些，早餐也吃多了一些。

7 月 30 日下午掛 8 號風球，阿潘仍到來探望我。他是我在青衣電廠時的同事，與我一起打草地滾球近三十年，為人踏實理智。我簡述了這次發病經過，他很有同理心，能耐心聆聽及感受到我的痛楚，讓我抒發了心中不少鬱悶，當我們談到那些關鍵草地滾球戰役時，慧玉說我的聲調都響亮起來。

阿潘提及如果李醫生真是沒有辦法醫治，應找別的醫生。但我和慧玉覺得病情異常複雜，李醫生已是名醫，消融手術又是在他監督下做的，他最清楚裡面情況，若換醫生便要重做很多檢驗，又不知新醫生的底細，我一身插著喉管行動不便，於是沒有去另找醫生。

現在回看，我們那天是錯過了關鍵的翻身機會！

屢敗屢戰

    8月1日，吊完十天抗生素，李醫生說我可以出院，但如果喉塞便要立即入院處理。那不是空話嗎！現在每天都會喉塞，全仗護士用碾磨鉗弄一大輪，又或沖鹽水，才僥倖保持排汁，若現時出院回家必有麻煩，我們決定多留一星期再作打算。

    正如所料，當天下午喉管已塞了！一個特別關心我的蘇姑娘索性揭開紗布看個究竟，發現插口周圍皮膚紅腫，皮下顯然積著膽汁，並滲漏出紗布。唉！喉管塞了膽汁便找空隙溢出腹腔，又生枝節！蘇姑娘足足碾磨了半小時，才碾通喉管，但肚皮下積著的膽汁沒有辦法弄走，又是一個計時炸彈！

隨後兩天，喉管頻頻淤塞，膽汁漏出弄濕衫褲，又髒又臭。我又被推入手術室換上大兩級的 14 號管。因為喉管粗了，擠迫著體內原來的孔道，已漸退的疼痛又復回來。

14 號管仍不能解決問題，不到兩天又淤塞了，真使人氣餒！護士們輪流替我碾磨喉管，又試沖鹽水，真是「摸石頭過河，見步行步」。

李醫生從不告訴我膽汁裡的渣滓何時能排清、膽汁囊何時能消滅、痛楚何時能消失。在長期痛楚及見不到希望的情況下，我的意志受盡考驗，情緒極度矛盾，一時積極拼搏，一時情緒崩潰，天天捱著痛躺在病床，吃不下東西，隔兩三天便做一次手術，像在泥沼中掙扎，愈陷愈深。

8 月 6 日，腹痛少了，三隻止痛藥減了一隻，精神稍好一點，入院第 20 天，第一次可以在走廊慢慢步行了 15 分鐘。

體重劇減令人擔憂，我身高 170 釐米，癌病前是 64 公斤，已屬偏瘦，黃膽病發時是 56 公斤，這天只得 51 公斤！

8 月 8 日，我回威院做免疫治療，完了又回來這地獄醫院受刑。

8 月 9 日，14 號管不停地淤塞，又要換大至 16 號管。在準備手術種「豆豆」時，那護士不熟手，先在我左手插入「豆豆」針，但插不正血管，她撩幾下針頭仍未能放正位置，我忍著痛見她帶血拔出針，用了十分鐘止血。然後她走到我右邊再種入右手，同樣插不正位置，累我又白捱痛流血。又待了十分鐘止血，她還準備回到左手試第三次，我拒絕讓她再糟蹋我的手，護士長

到來，硬說我的血管已插得太多，沒有好種「豆豆」的位置。後來他們找來急症室的醫生，在額外收費下完成了這簡單動作。

上午才換了 16 號管，下午便塞了，命運不停地作弄我！膽汁無去處便在腹腔四處走，肚皮出現幾處紅腫，看來又會惹出新問題。

8 月 11 日，再到 X 光手術室換管，但仍是 16 号，因這已是能放入膽管最大的碼。換喉是入侵性手術，須先禁飲食六小時，才到手術室門外排隊輪候，往往就是大半天滴水不沾，餓至胃痛，營養更加不夠。有次最倒霉，在手術室門外等了兩小時，以為到我了，突然醫院有急症要先做手術，他們把我推回病房，第二天再來一次禁食做手術！

我提醒自己不要担心這新的 16 號管何時會塞，緊抱着一個「愚公移山」的念頭，每次排出一些渣滓，總有一天渣滓會排清，膽汁囊便能收細或消滅。誰知中午才換喉，下午便塞了，捱痛捱餓捱手術一大輪，只換來沒半天的排汁，我滿腔的憤怒向誰發洩？

憤怒不能解決問題，我只有拖著這破爛的軀殼屢敗屢戰，堅忍地一步步走，儘管見不到前路。

膽汁入肚

8月14日，16號管仍頻頻淤塞，又沒法換大，李醫生決定乾脆把喉管拔掉！於是自此以後，肝臟及肚皮都留下一個永久的洞！膽汁從肝臟的洞流入腹腔，再經肚皮上的洞流出體外，護士在肚皮的洞旁貼上一個用來接尿的膠袋，把膽汁接著。拔管當然解決了喉管淤塞的問題，但膽汁流入腹腔卻引起更複雜的問題，永世不能解決！這行動就如「從熱鑊跳到火裡」，李醫生沒有解釋拔管的後果，我至今不明白他為什麼這樣做。

貼接漏袋很考功夫，貼得好可用三、四天，但因為這不是常做的工作，護士往往貼完漏汁，弄污衣裳外，重貼又傷皮膚。

左肝那條喉管亦同時拔掉，但因左肝已纖維化，拔管後並沒有膽汁流出，洞口自然地愈合。

這天晚上9時，我突然感到雙手冰冷，添上外衣仍覺得由心冷出來！連忙上床蓋被，這時全身開始打冷顫，慧玉替我蓋上三張氈，但仍然覺得冷；手腳開始大幅震動抽搐，完全失控；呼吸不受控制，只是不停地急促喘氣，像在短跑衝刺；牙關亦在震，說話口齒不清；我活了這麼大年紀從未見過這樣的全身機能失控，慧玉在旁不知所措，只有伏在我身上緊抱著我打震的身體，護士亦無能為力，我急促地喘氣以為會就此死去！

冷顫抽搐了近半小時身體便轉為發熱，額頭燙手，身體在發高燒。這樣煎熬了一小時，金醫生趕回來立即給我吊抗生素，他

的藥很有效，幾小時後我的高燒漸漸退卻，只是身體又要被吊藥機束縛七天。

第二天李醫生解釋：「我以前曾對你說，你肝臟內長住了一些殺不死的細菌，昨晚它們走出來進入了血液系統，引致你發高燒，現在雖然擊退了它們，但它們只是退回老巢，將來仍會間中出來攪你，避免不了。」

他說這話是顯示他有先見之明，但怎麼他手術前預計的纖維組織沒有長出來？沒提及的膽汁囊卻出現在我的肚內？

自拔管以來，插管留下來的那個洞排出的膽汁時多時少，有次排出特別多，我感到焦慮告訴金醫生，他不檢查不思索便說：「出得多是好事，証明肝臟在工作。」

另一次排放停了，我便問他是否出了問題，他不耐煩大聲回答：「不出便好，你想它出不停嗎？」

他簡直強詞奪理！當我是低等動物，沒有認知能力。後來我問李醫生，他也不置可否，看來他們都不大清楚我肚裡的具體情況。

入院時以為最多住兩、三星期便可出院，現在明白到這是一場持久戰，我的醫療保險早已超額，便搬到一間很狹小的病房，繼續作戰。

吊完七天抗生素後，驗血仍不合格，要再吊七天，我仍要拖著吊藥機過日，更沒胃口吃東西，一天比一天瘦，體重再跌 5 公斤至 46 公斤！

這時右腹部腫起一個像雞蛋大的東西，皮膚呈暗紅色，手按時它會陷下去，明顯內裡是一攤膽汁。左手仍插著「豆豆」吊著抗生素，肚皮貼上接漏袋，入院捱痛辛苦了三十多天，病情非但沒有好轉，反而愈來愈複雜。積聚在肚皮下的膽汁最令我擔心，起初李醫生當沒看見它，也不解說它是什麼、會不會引起腹膜炎或其他問題？後來見它愈來愈大，便安排我去抽膽汁，我又被送進手術室，X光醫生插針入我的肚皮，卻抽不出什麼東西。

膽汁積在肚內誰都知道會有麻煩，過了幾天那「紅雞蛋」破了，膽汁流出肚皮，護士替我敷上多層紗布吸汁，但仍往往弄髒衣裳，發出惡臭。有一天護士長巡視時見到我的糟糕情況，建議找專攻傷口護理的護士來處理。

傷口護士看著那「紅雞蛋」皺起眉頭說：「現在的破口雖然很小，但四週的皮膚已開始壞死，請你忍著痛，我要剪去死皮，新皮才會長出來。」

他剪去死皮後，露出比雞蛋還大的一攤爛肉，我不敢去看，難為慧玉在旁看著我捱痛，她內心的痛一定比我捱剪皮更難受。我們心裡都有一個疑問：「為什麼醫生不早些安排傷口護士來護理那『紅雞蛋』？」

並肩作戰

李醫生無論多忙，必定每天大清早9時前到來，看來他覺得不來是屬於失職。但他就只看一眼，不會向我解釋病情的發展或治療的方法，對我的提問又板著臉答了等於沒答，像我是他的敵人，儘量少給我信息。或許他真的是沒有醫治辦法，卻又不願承認失敗。

有次他覺得我問多了，便負氣地說：「你可以找別的醫生醫你，但我相信在香港沒有醫生願接你這爛攤子！」

是的，他已是香港出名的肝臟醫生，他醫不好的爛攤子有誰願接？況且我在這糟糕狀態下怎能四處找醫生？

我覺得像處於黑夜的森林裡，伸手不見五指，四處摸索，但找不到出路，還有野獸吼叫，毒虫咬噬。我開始有個很壞的預感——或許我不能活著走出這醫院！

8月25日，這天我的意志很薄弱，胃口奇差，中午只吃了幾口粥和半條紫番薯，到下午4時還噴出帶有粥味的胃氣，說明粥還未消化。

這樣太不對勁，我走入洗手間對著鏡中的影子呼喝：「林允中！你要振作、要與病魔搏鬥！這是主耶穌的命令！你不要理明天會如何，今天你要奮力搏鬥，活好今天！只一天，你是有力量活一天的，明天怎樣明天再算。」

情緒管理大師余德淳說，恐懼是一種壓力，令人心神不安，

情緒低落。恐懼的來源是怕壞事會發生，但壞事卻不一定發生。替自己減壓的關鍵是「認清及接受恐懼的源頭」，做人要接受現實。

我懼怕死亡嗎？經過長時間的痛楚折磨，我已說服自己死亡並不可怕，人人必有一死！當主耶穌認為我已完成在這世上的使命，召我回祂身邊，我便遵命前往，反正這年來的日子已是祂額外的恩賜。

> 我赤身出於母胎，也必赤身歸回，
> 賞賜的是耶和華，收取的也是耶和華。
>
> （約伯 1.21）

況且死亡並不是必然，現在沒有肚痛了，情況比初入院時易捱得多。

我安慰自己：行百里，半九十。污穢的膽汁已排了個多月，污垢應差不多排清，膽汁囊應已收細，距離全部消滅已不遠，我只要再堅忍最後的十里路，便可得到痊癒。

8月31日，完成了14天的抗生素療程，我由吊藥機釋放出來，可以在狹小的病房內做一些輕微的下蹲運動。但這兩個月來頻密地做手術及吊抗生素，身體受不住藥物的副作用，除了胃口極差外，出現潮熱盜汗，口腔及舌頭潰爛，使進食更難；因長期

營養不足，身體已瘦到只剩骨架，體重再跌至 44 公斤，100 磅都不到！這天五弟來探望我，除了慧玉外，他是最能感受到我痛苦的親人。

我在床上拉起褲腳給他看，說：「華頭，你看我的『香雞腳』，皮包著骨，就像埃塞俄比亞的飢餓兒童」。

身體這樣枯萎下去，不用病也活不了多久！

支撐著我是倔強的慧玉，她實實在在地與我「並肩作戰」。我留院了四十多天，她每晚都留下陪我過夜，早上服侍我梳洗、換過被膽汁沾污的衣服、吃早餐、等李醫生巡房。我每天躺在病床上，捱著腹痛等醫生，好不容易等到李醫生來到，卻得不到任何訊息、希望或鼓勵，沒幾分鐘便走了。午餐來時，就只能吃一點點。慧玉服侍我午餐後，便回家梳洗，黃昏前又趕回來，攜帶著奶品、餅乾、水果及乾淨的衣服，還有外賣湯粉，因醫院的飯菜太難吃了。後來我住院的日子久了，頭髮蓬鬆，她還買了個簡單剪髮機替我剪髮，雖然只是鏟短為平頭裝，她還是細心地修剪，在我面前看來看去，務求兩邊對稱，像打扮我去「相睇」。

看著她為我日夜奔波勞碌，我內心充滿感觸：「好太太，你的每滴汗水，在我眼裡都是珍珠！」

自相識以來，我們融洽相處了二十多年，互相仰慕信賴，志趣相投，說笑揶揄，朋友們都稱為佳話。我們在寶血兒童村替破碎家庭的兒童補習時，張修女說我倆能讓孩子們體會到夫妻相處之道。在教會的團契中，我們常常牽頭組織活動。我吃什麼穿什麼她都替我安排妥當，因她有審美眼光又知我意；我招呼朋友時

她是個好女主人，令朋友賓至如歸，「Jo 記奶茶」在朋友中已略有其名；她聰慧能幹，口齒便給，我則內向訥言，難得她一切卻以我為中心。

我要好好地活著，因我不敢想像若沒有了我，她的日子怎樣過。

還有神的力量，祂白白給了我許多許多東西，兩年前還奇蹟地賞了我第二次生命，現在我這身體是屬於祂的，要按祂的旨意去活。電影《苦難曲》中耶穌所受的鞭痛歷歷在目，我現在受的苦算是什麼？為了神的旨意、為了慧玉，我要活下去。

9 月 3 日，三週一次的免疫治療又到期，慧玉陪我返威院吊藥，她做司機送我到威院門口，便去老遠泊車，再上病房陪我，離開時亦是走 20 分鐘去拿車，開到醫院門口接我。難怪我和慧玉初結婚時，一個老朋友很認真地豎起大姆指在我耳邊說：「Jimmy，你這個老婆好！」

第一次內出血

9月4日，李醫生一反常態，和我們多說了幾句話，最後他說不介意把我這病例交由別的醫生處理，或交回腫瘤科的鄭醫生，他自己實在太忙。

我與慧玉商量，覺得既然李醫生說得這樣清楚，他又沒有醫我的辦法，留在這裡已沒有意義，倒不如回到鄭醫生那裡，就只怕鄭醫生不願接這屬於外科的爛攤子。我馬上聯絡鄭醫生，他爽快地答應了，並且說會替我找一個肝臟外科醫生處理我的膽汁囊問題。

因為第二天便可離開這鬼地方，我和慧玉少有地在輕鬆閑聊。突然！我的肚子劇痛，像要肚瀉，胃液反嗝上口，帶有鹹鹹的怪味。馬上如廁後，回頭一看，見馬桶的水全是鮮紅色！我禁不住大叫：「是血！全是血！」我吐出的口水亦是鮮紅的血，我驚恐到不知所措。

慧玉扶我回床上，護士趕來替我量血壓，只有 60/30！（正常是 120/80）性命有危險。他們替我輸了四包血，李醫生馬上趕回來，認為是肝臟動脈破裂，立即召集 X 光醫生一起替我做封閉血管手術。

手術室的冷氣冰凍得使我難受，他們給我加了毛氈仍然覺得凍，我躺在手術床上，左手插著「豆豆」注著抗生素，右手縛著血壓計，頭頂上有幾部顯像儀。他們蒙上我的眼睛，我感到右邊

大腿內側被刺了兩下，醫生說是注射局部麻醉藥。過了一會，醫生插針入右腿的大動脈，慢慢地沿著血管鑽入右肝，利用顯像儀四處找尋出血的地方。我只感到有東西插入大腿，其他的事感覺不到，但隱約地聽到兩個醫生在談話：「往右，往左，不是這條，可能是那條。」

因為這時出血停止了，找那條問題血管並不容易，我不知手術做了多久，只覺得他們費了很多功夫去找，最後終於做完了拔走針頭，X 光醫生用力按實大腿的插口止血，五分鐘後交由我自己再按十分鐘，讓血管埋口。因為這是條大動脈，插口要小心保護，這兩天我要躺著不准下床，甚至曲腳亦不可以，大小便都要在床上。又因我身體太弱，大小便已近乎失控，我要穿上成人紙尿片，尿片就當做馬桶。每次弄髒了要護士或嬸嬸來清理時，雖然她們沒有給我面色，但我已是完全失去了做人的尊嚴。

封閉動脈血管等於廢了部分肝臟功能，我雙腳開始水腫，手臂的微絲血管滲血，皮膚出現紅斑，好像做過「刮沙」的樣子；口腔原已潰爛，現在更甚，嘴唇、口腔和舌頭滿是白色痱滋；食量少得稀奇，近乎失禁，這樣像是人嗎？這東西還能活幾天？還有，為了減輕肝臟的負荷，李醫生停了我常服的安眠藥，這使我晚上失眠，日間則迷迷糊糊，連續 48 小時沒有入睡，辛苦得要命！

在這個狀態下，當然不能轉院換醫生了。

第二次內出血

9月6日，李醫生如常大清早到來，他解釋內出血是因為一條肝臟動脈血管被漏出的膽汁長期腐蝕而破裂，他已把那條血管封閉了。我真倒霉，體內不停地添新鬼，自7月18日入院以來，問題一個疊一個，只加不減，捱了這麼多苦，病情卻每況愈下，身體機能不斷衰落，能不氣餒？

我像一個廢人躺在床上吊著命，已沒有做人的尊嚴，護士到來替我清理貼在肚皮的膽汁袋時，卻發現滿滿的一袋鮮血，又是內出血！

雖然這次沒有前天那樣劇痛，但同樣有生命危險，李醫生又趕回來替我做緊急手術，因右邊大腿的血管剛插過，這次是從左腿插入針頭，找到出血的地方，把血管封閉。他告訴我這次封閉的血管是在上次的上游，更影響肝臟工作。不知是上次找錯了地方，還是兩處都有破口？

我繼續像廢人一樣躺在床上，吃喝拉撒都在那裡。

9月8日，肚皮貼袋仍接到鮮血，顯示仍有內出血，看來還是未封對血管！李醫生說要排除不是胃出血，又把我送到手術室做胃鏡檢查，但沒有發現問題。我的食量已極少，還要天天手術禁食，只餘下半條命都不到，但仍未捉到那隻鬼！

李醫生又懷疑可能是積聚在腹部的膽汁把那裡的微血管都霉爛了，要用壓力方法去止血。護士用繃帶在我軀幹上繞了五、六

圈，就像手腳受傷用繃帶包紮一樣。包紮腹腔後我呼吸困難，十分難受，但沒有辦法，我已是生物實驗室的一個破爛軀殼，任憑宰割。我以普通常識猜度，內出血怎可能用外包紮的方法止血，用到這方法說明李醫生實在沒有辦法止血。

但就算能止血又有何用？殘軀已腐爛凋謝到這程度，死亡已經不遠，何苦要捱痛延續著毫無尊嚴的生命，又令慧玉耗盡精力白捱。我心裡求上主賜我快點死亡！

慧玉仍是每晚在醫院陪我過夜，上午服侍著我這個躺著動不了的廢物，下午回家拿衣服雜物，黃昏又趕回來給我送晚飯，雖然我只能吃兩口，但她仍花很多心血去準備。我記不起這晚和她在說些什麼話，但在對話途中，不見她回話，原來她是疲倦過度睡著了！

我心如刀割，她太辛苦了，肉體和精神都大大超出負荷，她為我每天吃盡苦頭，卻沒有回報，因實際上我是沒有活著出院的希望！入院治療了兩個多月，走遍十八層地獄，吃盡苦頭，進出手術室無數次，肚裡卻愈弄愈糟，膽汁囊不能除，還養著伺機出擊的細菌；燒爛了的膽管永不癒合，肚皮穿洞，一攤爛肉滲著膽汁；肝臟血管潰爛，爆兩次血管仍未能止血；食量極少，瘦削至無法形容；嚴重貧血，已記不清輸了多少包血。最壞的是──醫生的面色和語氣表達了他對我這病例的厭惡和無望。

小兒子嘉略見勢頭不對，把哥哥從加拿大喚回來。我在半醒中見到倬雲站在床邊，驚喜地側著身，伸出雙手握著他的手，小喊一聲：「雲仔，你回來了！」

他看著我，只淡淡的說：「阿爸，你覺得怎樣？」他自幼便不善表達意見，不愛說話，這句問候已是他表達感情的極限，我知他是非常關心我。

我可以從何說起？我們就只互握著手對望，一幕幕他嬰孩時緊急入院的情況重現我腦海：我看著插在肛門的探熱針水銀柱不斷上升，103.5F度了！我心裡哀求著：「停吧！停吧！」；參加北京旅行團時整個五天行程都在協和醫院度過，醫院沒有進口的藥物，醫生說我們還是讓他吃帶來的備用退燒藥及防抽筋藥；在瑞士 Interlaken 的山頂，趕搭下山的小火車時正遇著下雨，我不想倬雲濕身，私自取了餐廳的太陽傘護送他到百多米外的車站，然後跑回餐廳還傘，再跑回車站剛趕上那正在開動的火車。我們之間除了父子情外，還添上一份戰友的感情。

瑞士小火車

不知是巧合或是約定，我的三個好兄弟同時來探病。我們四人長期保持著親密的關係，大家志趣相投，經常一起活動，打麻雀剛好一檯，當年加幾個朋友成立了凱風籃球隊，叱吒粉嶺；還有賽馬、網球、甚至馬爾代夫浮潛，都是共同進退。大家東拉西扯談笑，使我短暫忘記了痛苦，最後來一張圍在我病床的合照，正好可以用在我的喪禮冊子上，冊子亦會刊上我退休後寫的幾篇人生回顧。因慧玉不熟悉電腦，本華會到我家打印一份文件清單給我選擇。

　　本華辦事精明能幹，我把銀行賬號及密碼都交給他，讓他替我變賣股票。我告訴他，我的喪禮一切從簡，骨灰放在蓬瀛仙館父母的骨灰旁。遺囑早前已準備好，看來我苟延殘喘留在世上已再沒意義。

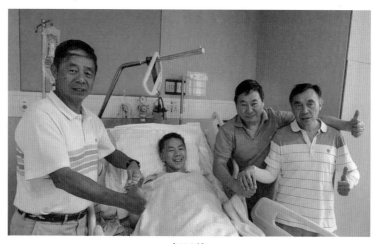

好兄弟

夜已深，慧玉在臨時床睡著了，我斜眼望著床頭柜的「慈悲耶穌像」，內心滿是矛盾，突然感情上衝，破口大罵：「主耶穌，你說你是公義的，為什麼要我吃這麼多苦！我一生全心全意按你的旨意做人，卻換來煉獄的遭遇！你說過不會給人超過他能力的試探，但我實在受不住了！耶穌，你不公平，我嬲你！」

罵了一頓後，我開始埋怨自己：「神啊！你與我同在嗎？我受盡折磨，身體腐爛到這程度，我怪誰呢？現在回看，從 4 月份較小的問題發展到現在的絕境，是一而再、再而三的錯誤抉擇，找錯了醫生，錯過了不少扭轉局勢的機會。為什麼我信錯了人？為什麼我沒有及時轉醫生？為什麼你沒有引導我走上正路？」

「我現在這個殘軀，何堪再延續下去！自己了結生命一定不是你所喜悅，又會令慧玉蒙羞。你糟蹋夠『約伯』後，最後亦讓他復原，我能有『約伯』的結局嗎？當然，『約伯』是義人，我只是小人物，但我亦是全心向你，盡力做好自己的呀！」

我開始哭起來，帶著淚水哀求：「神啊！可憐我吧！主耶穌，我的慘況你是看見的，求你憐憫我，憐憫慧玉，我們是值得你憐憫的呀！你是慈悲耶穌，求你免去我的苦軛。你是全能的神，只要你願意，我便得醫治。主耶穌，我哭著哀求你！」

第三次內出血

9月13日，李醫生如常清早到來看了我兩眼便離去，已有三天沒有內出血了，護士除去綑綁著我的繃帶，讓我少吃一點苦頭。我拖著只剩骨架的破爛身軀下床，坐在椅上喝營養奶，突然感到胸腹劇痛，便想上床休息，卻又感到肚瀉，便到洗手間如廁，心裡暗叫不妙，果然整個馬桶又是紅紅的鮮血！

我已習慣內出血了，沒有第一次發生時那樣慌張，但可能是這次出血特別厲害，我劇痛難當，比叫金醫生殺死我那次還厲害！我蜷縮在床上大聲呻吟，李醫生又馬上趕回來，替我輸血及安排緊急手術。

他神色凝重，對我和慧玉說：「肝臟內多條血管已被膽汁腐蝕多時，現在便陸續破裂出血，第一次手術我們封閉了一條小動脈，第二次封閉了支動脈，但仍然出血，這回我們要封閉右肝的主動脈！」

「封閉主動脈後右肝只有來自靜脈的少許血液供應，功能便十去其九，你的左肝又已纖維化，所以你的身體很可能支撐不住！頭七天至為關鍵，若能支撐七天，右肝會長出新血管恢復部分的肝功能。」

我在床上痛得翻來覆去，想也沒想便回答：「不做手術！不再做手術！」

其實這問題我想過多次，已想通想透，我已油盡燈枯，只剩骨架，內臟潰爛，腹腔積液，肚皮穿洞，口腔潰爛，吃不下東西，縱使止了血亦活不了幾天，徒然延長我和慧玉的痛苦。

　　李醫生警告說：「不做手術必死無疑！」

　　我只重複說：「不做手術，死便死吧！我不想活！」

　　慧玉滿臉眼淚對我說：「Jimmy，做手術吧！」

　　我捱著劇痛固執地說：「不做！做亦沒用！」

　　慧玉便央求李醫生說：「醫生，你替他做吧！」

　　李醫生說：「那不行，沒有病人的同意，我們不能做手術。」

愛的力量

慧玉哭著轉向我：「Jimmy，我這生求你最後一次，求你為我做這手術，此後我再無別求！」

　　她真不愧「慧玉」之名，那「為我」兩個字起了奇妙作用！我雖然在極度痛楚中，卻覺得我要「為她」。不是嗎？我可以不為自己、不為任何東西，但我要「為她」啊！我這生最高的信條就是「為她」！

　　於是，我哭著回答：「好吧！慧玉，我為你做這手術！」

　　君立、本華、倬雲和嘉略都趕來醫院，見我可能是最後的一面。

九死一生

　　在麻醉下我不知手術做了多久，只知醒來時窗外漆黑已是深夜，張開眼見慧玉坐在床邊，愁眉深鎖，暖暖的雙手緊握著我枯乾的手，然後見她努力堆起笑容，輕輕地說：「你醒喇！醫生話手術順利。」

　　她一握一笑，傳給我無比的力量。早前在手術室門外，已與她諗熟的 X 光醫生對她說：「這手術很危險，你要有心理準備他的身體支撐不住，但橫豎是死，倒不如一試。」

　　現在算是過了第一關，開始渡過七天的危險期。護士替我戴上氧氣罩，一包包的血液經吊藥機和「豆豆」輸入我體內，還有

抗生素、葡萄糖和鹽水 24 小時不停。「豆豆」三、五天便會堵塞，需要再種，雙手已被插至體無完膚。我一點氣力都沒有，小便亦沒法控制，就拉在紙尿片上。手腳嚴重水腫，手掌腫起像被黃蜂刺過，雙腳腫得像豬蹄，腳板不能上下擺動。這時的身體脆弱得沒法形容，貼膠布亦貼爛皮膚，造成幾個永久疤痕。

李醫生一如既往，每天大清早便來看我，但只是看一看便離去，可見他著實是很忙。他對我滿身的問題不置可否，但在封主動脈後的第四天他告訴我們，部分肝功能開始改善，現在要看其它的部分能否亦有反應。

這好消息沒給我一點喜悅，因為原來的問題並沒有解決，身體繼續枯萎霉爛，我仍是日夜躺在床上等待死亡的降臨，他們繼續每天替我輸血、注藥、換尿片，慧玉長期守在我旁。

是神的庇佑，我撐過了七天的危險期，暫時死不了！肝的其它功能漸漸恢復，封閉右肝主動脈的行動算是成功，內出血終於止了！水腫漸漸退卻，我的身體回復到一個骨架。第一次下床時，雙腳竟然無力站立，需要手足並用才可從病床移出一步至床邊的椅子。

膽汁繼續從肚皮的洞及那塊爛肉流出來，幾處紅腫的地方隨時會破裂，整個腹部慘不忍睹，怎麼我還未死掉？李醫生繼續每清早來病房轉一轉，保持從不缺勤的良好紀錄，但他沒有方法醫治我身上的百般問題，並毫不掩飾對我這病例的厭惡。

在吊完抗生素療程後幾天李醫生到來巡房時，正在翻閱我的檔案，好像是靈機一觸，突然把護士長叫來問道：「醫院有沒有寧養部門？」

護士長答：「我們醫院沒有。」

李醫生說：「你們可否替他安排寧養服務？」

護士長答：「我們可以去詢問一些寧養院。」

李醫生說：「那你們便去問問。」

李醫生再沒有說話便離去，護士們也離去。

剩下我和慧玉在琢磨李醫生的意思，我知她和我同樣是這樣想：寧養院？那是瀕危病人等死的地方！岳母臨去世前不是被送去靈實寧養院嗎？院旁還有一間小教堂方便做紀念彌撒。那麼李醫生是正式表示我沒得醫，只有等死這條路！

早前鄭醫生曾答應收我，只是碰著我爆血管不能去，現在雖然我的情況更糟糕，但仍可試問他願不願意收我這病例。

我聯絡上鄭醫生，他馬上答應了。

第五章

披荊斬棘

曙光初現

2019 年 10 月 3 日，在那恐佈的醫院苦捱了 78 天，走遍了十八層地獄，我終於可以活著出院！但不是自己走出去，而是躺在擔架床上，由救傷車送我到威爾斯醫院。

鄭醫生看過我的糟糕肚皮後，沒有皺眉頭，反而用開朗信心的語調對我說：「你不用擔心，我們最近來了一位郭醫生，是肝臟外科專家，我亦有好友精於內鏡手術，我們會以團隊方式處理你的問題。在這裡，做手術與治癌用藥可以更好地配合。」

他這麼一說，就像黎明的第一道曙光，給了我希望，我感覺像打了一支強心針，身體立時賺了一些力量。慧玉到飯堂買來熱騰騰的燒肉湯河，我竟然能吃下半碗！

日出雲海（馮露霏 攝）

郭醫生安排我做磁力共振，細看過我厚厚的病歷檔案，用圖像向我解說。他曾經做過換肝手術，怎樣複雜的手術也難不倒他，他說「切這裡、駁那裡」便可以除掉那元兇膽汁囊，但可惜現在這機會已錯失了，因為我右肝的主動脈已封閉，現在沒有手術可以消滅膽汁囊！只有寄望那膽管破口能自己愈合，但這機會十分渺茫。現在需要做的是更換在六月時植入的膽管支架，確保排汁暢順，肝臟工作不受阻礙。

我和慧玉聽了懊悔不已，若能早些過來便好了，現在時機已失，只好接受現實。

傷口護士蕭姑娘替我處理肚皮上的破洞及爛肉，過程雖然十分繁複。但威院病例多，她身經百戰，手法純熟，給了我充分的信心。她首先小心摵走原有的接漏袋底板，噴除膠劑抹走皮膚上的餘膠，用鹽水清洗及碘酒消毒傷口，在破洞四周噴上皮膚保護劑，用剪刀在新袋底板的中央裁剪一個洞，使貼上時剛好露出破洞，讓膽汁流入袋裡。因我太瘦削肋骨突出，底板很難貼服，她還要適量填上「豬油糕」打底，才不會漏出膽汁。

那攤爛肉滲出的膽汁不多，她用鹽水清洗及碘酒消毒後，用防黏海草片及消毒銀片覆蓋，上舖吸水棉及紗布。

三週一次的免疫治療已過期很久，鄭醫生沒有再替我用藥，我對他完全信任，不提這事，不問癌指數，若有需要用藥他自然會做，我何必自尋煩惱。他見我的傷口嵌膿，給我注射了七天抗生素，但不見有什麼效果。

在威爾斯醫院，種「豆豆」是由專職抽血人員負責，手法純熟，一插中的，亦不怎樣痛，從不需插第二次，值得一讚。

相信是因為鄭醫生給了我信心，威院的大食堂又多選擇，我的胃口好了些，雙腳長了一些肉，可以在走廊自己步行。慧玉仍然陪我在醫院度過每一個夜晚，跟以前一樣的辛勞，但現在她因見到了希望而拾回精力，不像以前疲乏無神得令我自疚。

入院第 12 天，鄭醫生突然對我說：「現在已沒有必要留在醫院治療，明天你可以回家休養。」

我吃了一驚！說：「這個破爛肚皮怎可以出院？」

他淡定地回答：「可以的！我們會安排社康護士到你家照料你。」

我實在不能相信兩週前要到寧養院「等日子」的我，現在可以出院回家！

他見我臉上充滿疑惑，笑笑地補充說：「我保證社康護士有能力料理你的傷口。」

於是，在 2019 年 10 月 15 日，我用自己的腳步，踏入離開了整整 90 天的家門！寶兒不相信自己的眼睛，興奮得跳上梳化又跳下地，又不停地撲向我的膝蓋，只四公斤的小狗差點兒把我推倒。

我到露台深吸一口氣，家的空氣是多麼甜蜜自由！感謝神又賜給我一個奇蹟！

梧桐河與天平山

社康護士

　　社康護士是醫管局的家居護理護士，主要工作包括護理傷口、造口、尿管、胃管等等。王姑娘帶了年輕的助手到來，準備定下護理計劃便交由她料理，但看過我的糟糕傷口後，便親自天天到來替我做了幾星期。因膽汁由肝臟流入肚皮永不停止，傷口也就永不癒合，我好比希臘神話中的西西弗斯（Sisyphus），被罰要推大石上山頂，但每天只能推到半山，大石便滾回山下，明天又要重複那永不能完成的工作。

　　每次打開傷口後，王姑娘會拍攝傷口作紀錄，以便日後比較。她用字母分辨那兩個傷口，「A」是拔喉後留下的洞，是主要的膽汁出口，用貼袋處理；「B」是像杯口大的那攤爛肉，用吸水棉處理。

過了幾天，王姑娘給我們預警說：「在『A』上方的皮膚愈來愈紅，怕要穿了。」

果然過了兩天，我的肚皮出現第三個破口「C」，因流量不多，王姑娘用紗布處理。再過幾天，在「A」旁邊又穿了一個新洞「D」，這個「D」洞很難處理，因為它太接近「A」，干擾著「A」的底板。她回去北區醫院找來一個大貼袋，在大底板裁出兩個洞，貼上時正好露出那兩個洞口。

因我已瘦削至肋骨起角，大袋底板很難黏得貼服，容易漏汁，多次王姑娘做完剛下樓便被我們喚回來，從頭再做。還有一次是半夜漏汁，把衣衫床舖都弄濕了，我唯有喚醒慧玉，還未滿師的她，只好披甲上陣，打醒十二分精神，用雙倍的時間小心翼翼地替我清潔換袋。

積聚在肚皮下的膽汁四處走，肚皮四處穿洞，不久又出了個新洞「E」，王姑娘找來一個特別的小袋，剛好有位置貼上。新洞不斷增加，名字已用到「G」了，還幸在新洞出現時往往會有舊洞埋口，我們就像玩迪士尼的打地鼠遊戲，哪裡冒出地鼠，便往哪裡打。

打地鼠遊戲

過了一些日子，因穿洞的位置太多互相干擾，接漏袋不能用，王姑娘只有回到最原始的方法，用一塊有 A4 紙那樣大厚厚的吸水棉（俗稱大棉胎）覆蓋在一眾洞上，吸收膽汁。「大棉胎」需能吸收膽汁避免沾污衣裳，卻會醃著皮膚，不能長用，過幾天又得另想辦法。總而言之，問題天天新款，我們配齊幾十種大小形式的護理物資在家，十足一個戰備倉庫，兵來將擋，水來土掩。

11 月的一天，慧玉到深圳針灸治理腰痛，回程時在羅湖上了火車後便通知我，好讓我安心，誰知過了半小時她再電告我火車還未開出！這時電視新聞正報導著黑暴在上水站搗亂，羅湖口岸已關閉。一個小時了，慧玉在擠迫的車廂內站至腰酸骨痛，火車仍未開出！天色漸暗，我心裡很徬徨，不知她是否要折返深圳？她一個人在深圳過夜一定很麻煩。同樣，我一個人在家亦有些害怕。後來火車當局讓乘客下車，讓他們徒步走去 5 公里外的石湖墟找其他接駁交通。

我怕慧玉辛苦，說開車到禁區邊接她，但我實在不知禁區界設在哪裡，電話接收又不清。這時天已全黑，我手軟腳軟久未駕駛，「大棉胎」又把我的腰紮得像僵屍般硬直，晚上開車是一大考驗。我開車到文錦渡路時，電話已不通，我見長長的人龍沿著路旁走向石湖墟，我慢下車來藉著幽暗的路燈在人龍中搜索。人龍過了，不見慧玉，我擔心已錯過了她，又不知是否已過了禁區線，應否掉頭再到人龍裡找她？在猶疑中，還好不久便看見她獨自一人站在路邊。

她上車後便說：「你擔心什麼！我不是說我在巴士站旁的街燈下等你嗎？」

天呀！文錦渡路的巴士站和街燈多著呢！

　　跌跌撞撞來到 12 月，雖然肚皮破口仍是紅腫嵌膿，還好沒有嚴重的感染，破口只剩下兩個，胃口及體重都有進步，天氣好時可以和慧玉到梧桐河邊散步，這與在那地獄醫院等死時簡直是天淵之別，真想不到我還可以享受人生！

　　2020 年 2 月，香港開始受到世紀瘟疫襲擊，部分社康護士被抽調到病房工作，家訪次數大減。正是「蜀中無大將，廖化作先鋒。」慧玉——我的萬能太太，只好權充護士，上陣填補空缺。後來更因疫情猖獗，慧玉又已工多藝熟，為減低感染疫症的風險，我們乾脆把傷口護理工作全接過來，有問題時便返威爾斯醫院找蕭姑娘幫助。

支架意外

　　膽管支架放在體內大約可用三個月，隨後便漸漸淤塞需要更換。2020 年 2 月底我入院更換支架，但不到一星期，出現黃膽症狀，入院檢查發現支架不見了！原來是脫落了隨大便排去，因為支架並沒有鉤去固定位置。於是郭醫生替我再放一條支架入膽管，這次他儘量放到最入的位置，當晚我便出院回家。

　　第二天王姑娘到來替我護理傷口，我躺在窗邊的大床上打開衣衫，和煦的陽光從南窗照進來，滿室溫暖，慧玉的心情特別開朗，坐在床緣與王姑娘說笑。王姑娘準備好一切物品，用火酒消毒雙手，拿開「大棉胎」，赫然發現一根藍色小膠管從「A」洞口伸了出來，凸出肚皮大約一吋！原應在肝臟內的東西走出了體外，我和慧玉都嚇呆了！

王姑娘拍了照，隨即說：「現在什麼都不要動，我替你敷上新的『大棉胎』，你趕快入醫院找醫生！」

　　我們趕回醫院，護士急忙把郭醫生喚回來，只見他輕描淡寫地說：「這是昨天植入的支架，因儘量放入膽汁囊內並繞了半圈，避免滑落，但膽汁囊很貼近肚皮的破口，所以支架尾彈了出來。不要緊的！我替你剪去便是。就在病房做，不用到手術室。」

　　他向護士要了手術鉗和剪刀，抽起膠管一剪，那支架尾便縮回肚裡再看不見。因為我肝臟破爛、肚皮穿洞，支架這東西對於我並不可靠，還幸這次有驚無險，但已顯得我的生命十分脆弱。

神的妙手

因為在膽汁中發現細菌，2020 年 3 月中，我入院接受七天的抗生素治療。

一天晚上，郭醫生喚我們到醫生房，很認真地對我們說：「我和鄭醫生商量過你的情況，你的總膽管淤塞，右膽管的破口及膽汁囊又不會好，肚皮的嵌膿破口只會愈來愈壞，頻換支架不是長久之計，我們有個建議給你考慮。」

他稍停片刻，繼續說：「最理想的方法是換肝，但以你的年紀，在香港恐怕很難辦到。另一方法是要做三次手術。首先從體外插一根 PTBD 管入左膽管，引出左肝的膽汁，觀察一段日子，看左肝能否被激活。如果可以激活，便封閉右肝的血管使右肝完全失去功能，迫使左肝增生！當左肝充分增生後，便切除右肝及總膽管，把十二指腸拉高接駁到左肝，便能一勞永逸解決現在的問題。」

幾個複雜又危險的大手術在郭醫生說來，就像廚師斬瓜切菜那麼簡單輕鬆，慧玉壓根兒就不知道他說的是什麼，我亦一下子未能消化他說的話，不曉得問：當右肝被廢後，左肝若不能增生怎麼辦？

我只問：「若要換肝，是否要上大陸找醫院做？」

「是的，以你的年齡，在香港排隊是排不到的。」

他見我們在猶疑，便補充說：「不用現在決定，你們考慮清楚才答覆鄭醫生吧！」

吊完七天抗生素亦未能殺掉細菌，正如以前李醫生所說，細菌在我體內已築了安全巢穴。

回家後我和慧玉商量郭醫生的建議，都覺得肝臟長住著殺不死的細菌，肚皮上的兩個破口仍在嵌膿，日後只會更壞，破爛的膽管永不能愈合，支架又不可靠，早晚會發生嚴重的感染導致腹膜炎或其他大問題，郭醫生既然這樣建議，自應有相當把握，倒不如試試！若成功便可以回復正常生活、打球游水，不用像現在活動大受限制；若不成功便死吧，反正現在的日子是額外賺回來的，又頻頻出問題。

3月尾我入院插 PTBD 管入左膽管，踏出郭醫生建議的第一步。手術由當值 X 光醫生執行，不知是否醫生之間的溝通出了問題，我的左膽管原已閉塞，急性黃膽時秦醫生的膽鏡不能通過，但那 X 光醫生卻技術高超，竟然把 PTBD 管穿過左膽管的閉塞處伸至右膽管！所以每天排出大量來自右肝的膽汁，並非郭醫生原意的左肝！又因大量膽汁不經腸道直接排走，膽汁內含有的營養亦隨之流失，我本已瘦削的身體更加消瘦，每天清空膽汁袋倒掉 600 毫升膽汁時，都感到十分肉痛。

這樣過了個多月，一天我起床時，赫然發現那根 PTBD 管連著紗布竟已脫落了，乖巧地躺在床上，床單並沒有沾污！我急忙拉起 T 恤及內衣看，見左腹只有一個黑點，沒有膽汁漏出，衣衫及皮膚都是乾淨的！

插管是怎樣脫落的？它是用三根線鉤在肚皮上，上鋪幾層紗布，再貼上幾條醫生膠布，還有兩重衣服遮蓋，我不可能在睡夢中把這許多東西一一拆開，不自覺地拔走管子！若真是睡夢中拔管也會扯爛皮膚而痛醒！更不可能有意識地拔管，除非我是瘋子！亦不可能是慧玉，她是睡在另一房間。最妙的地方就是乾淨利落，沒有傷口，沒有漏汁！

　　那麼，那管子是怎樣脫落的？不由我不信，除了神外沒其他解釋！祂憐憫我天天流走營養，又不想我做那個割除右肝的大手術，便在我熟睡中施展妙手，拔除那有害無益的東西！

　　我決定不再走那大手術路線，這時我想清楚了，李醫生主理我時，亦曾插管入左肝，只引出很少膽汁，並沒有激活左肝！神替我拔掉那管子便是告訴我不要走那條死路！

最初出院回家休養時，肚皮眾多的破口慘不忍睹，一個個滲出膽汁，就像「約伯」受神考驗時滿身瘡疥，他沒有埋怨，默默地受著，終於神喜悅他的忠誠，賞賜他豐盛的生命。

　　我要學「約伯」不埋怨。果然，神亦給我奇妙的賞賜，一個個滲汁的破口陸續復元，杯口大的那攤嵌膿爛肉亦見日漸收細，最後竟然完全愈合！要知這爛肉破口與一般皮膚損傷不同，一般傷口在止了血後（乾水後）便能自動埋口，但我的腹腔長期養著一攤膽汁，不會乾水，現在神又展奇蹟，把膽汁隔開，讓爛肉得以痊愈。

　　剩下的「A」洞從開始便紅腫嵌膿，兩度入院吊抗生素都不能消除嵌膿，郭醫生曾說它會愈來愈壞，才有做大手術的建議，想不到它亦竟能自己消腫不再嵌膿，沒有愈來愈壞，又是神的傑作！

　　總而言之，神在我身上行了一個又一個的奇蹟。

　　只一個洞便好接漏，蕭姑娘找到一款合適我的接漏袋，很好黏貼，不需「豬油糕」，不會漏汁。慧玉已成為我的私家傷口護士，每週兩次替我洗傷口換袋，手工一點不比專業護士差。

刮骨療毒

刮骨療毒（梁珠林 繪）

　　話說昔日三國時期，關公鎮守荊州，斬曹操大將龐德、擒于禁，威震華夏，卻中曹仁毒箭，毒已入骨，右臂恐廢。名醫華陀仰慕關公高義，特來醫治。時關公正與副將弈棋，佗曰：「當于靜處立一大柱，柱上釘環，請君侯穿臂環中，以繩繫之，然後黑布蒙頭，吾用尖刀割開皮肉，直至于骨，刮去骨上箭毒，方可痊癒。但恐君侯懼矣。」關公笑曰：「如此，容易！何需柱環？」言罷一面弈棋，伸臂令佗割之。佗乃下刀，割肉刮骨，悉悉有聲。眾人皆掩面失色，關公飲酒弈棋，談笑自若，全無痛苦之色。須臾，佗刮盡其毒，敷藥縫線。公大笑而起，伸臂自如，曰：「先生真神醫也！」佗嘆曰：「某為醫一生，未嘗見此，君侯真天人也！」

這時我已曾入院十數次，善談的慧玉早與蕭姑娘及另一傷口護理高手華姑娘打成一片。每次她們替我護理傷口時，三名女士總是充滿著嬉笑。這天檢查傷口，發現「Ａ」洞口長了一粒大肉芽，阻礙著腹腔的膽汁排洩，因膽汁積在腹腔會衍生出各種問題，肉芽必須除去。

　　華姑娘對我說：「我要替你刮去肉芽，會比較痛，你怕不怕？」

　　慧玉唯恐天下不亂，加上一句：「他是全香港最怕痛的人。」

　　我內裡實在十分害怕，但被慧玉一激，又知這是必要做的事，而且華姑娘手法老練，說話帶有權威，我對她有信心，于是硬著頭皮笑道：「關公一面刮骨療毒，一面下棋，我受點刮肉之痛，相比之下只是小意思。」

　　華姑娘大喝一聲：「好！咁我就來了！」也不給我準備，她已用棉花棒刮向肉芽，一下一下用力地刮。

　　我感到一下一下的刺痛，眼望天花，不敢低頭看她的手法，但我話已說滿，怎痛也不能在三個女士面前丟臉，唯有強忍痛楚，苦笑著說：「比起關公這算得什麼……」

　　她們你一言、我一語，分散了我的注意力，很快華姑娘便刮清肉芽，對我說：「流少少血是正常的，不用擔心。」

　　過後慧玉對我說：「想不到用棉花棒也可以刮去肉芽。不過，這功夫我學不了，亦做不了，將來若有這需要一定要回來給她們做。」

重拾生活

神三番四次救我出絕境，我要怎樣報答祂呢？我行動不便，說話中氣不足，交際宣道非我所長，但我還有很好的記憶，我可以寫故事，寫我一生中怎樣犯錯跌倒、又怎樣爬起來；寫香港社會的神奇蛻變，寫我體會到的生命意義，或許能激勵人和勾起人的美麗回憶。於是，我執筆寫了 44 個生命故事，涵蓋了五十年代的香港至今天，書名為《往昔記趣——一個香港人的歷奇》，於 2020 年 9 月出版。

有慧玉陪伴及照顧，無痛地活著的每一天都是樂趣。打高爾夫球和到馬爾代夫浮潛的日子我享用過了，現在神賞給我一支筆，讓我在寫作中找到趣味，寫作成為我的主要活動。每當我將一件事有條理地寫成一個有趣的故事，或將感情抒發在文字上，心中的滿足不下於在高爾夫場上打出一個 200 米的長直球。出版了《往昔記趣》後，我試寫小說，以自己經歷過的事跡為骨幹，加以虛構角色和情節，寫了一篇約一萬字的小故事，在同學群組中發表，得到一些有用的批評，知道自己遠遠不足。但我沒有就此停下來，我竭力改良故事，增加內容，完成了我的第一篇兩萬多字的小說——《工程師》。

第二篇小說《海洋公園》寫得更起勁，簡直廢寢忘餐，慧玉多次叮囑我不要太費神於寫作，怕我想得多會傷肝，她不明白寫作給了我生命的活力，尤其是寫小說，你喜歡那角色說什麼做什麼得到什麼結果，全由你發揮，手上的筆就如一支魔術棒。話雖

如此，現在看來，這兩篇小說的故事實在非常平淡，敘事居多，對白太少，我下一篇小說一定要放膽幻想。

為了保留香港舊日文化，我還寫了各種五、六十年代的兒童遊戲。我把三樣東西合併在《海洋公園》一書內，亦已在 2022 年 3 月出版了。

我愈寫愈起勁，《絕境感言》隨之而生。神既賞賜我一個又一個奇蹟，保全我的性命，我要把這幾年在生命邊緣的掙扎寫成故事，與人分享我是怎樣倚靠神的力量度過絕境，給人激勵。雖然我要不斷回想嘔心瀝血的情景，往地獄重走一遍，但這一切都是值得的。

網上橋牌亦是我的愛好，搭檔及對手來自世界各地，都是實時在網上找。因打橋牌的技術非常複雜，比下棋難得多，搭檔之間易生誤會，經常見一些搭檔在牌局中吵架離場，我提醒自己不

要失去中國人的儒家風度，贏得網上好一些陌生人喜歡找我搭檔。

　　若不是疫情肆虐，我已可恢復大部分社交活動。儘管如此，我現時亦每週和兄弟及朋友在會所打自製的桌球比賽，並且還在球技上取得進步，感到滿足。

桌球比賽

體外插管

2020 年 3 月我一共入院五次，多是因為支架出問題，又或是不明原因的發燒。四、五月稍得歇息，只入院一次。六月又頻頻出現支架問題，換了兩次支架後，郭醫生說我裡面的情況有變，不能再用支架了，要改用體外插管（PTBD），插入肝臟內的右膽管，把膽汁直接排出體外，好讓肝臟正常工作。

每次插管只能用大概三個月，幸運時用五、六個月才淤塞，運氣不好時不到兩個月便要入院更換。

體外插管是入侵性手術，帶有風險，我曾多次在手術後發高燒，與早前以為要死的那次差不多，是突然感到全身冰冷，手震腳搖不能控制，呼吸急促，要拼命蓋氈，隨後便發高燒，額頭燙手，燒大半天才出汗退熱。

插管比內置支架給我的麻煩可多了，試想從肚裡伸出一條幼膠管，接到一條三呎長的粗膠管，管尾拖著個可載兩公升液體的膠袋，24 小時掛在身上，所有動作都要慢兩拍小心避免扯著膠管，睡覺時更要保護好它，避免意外觸碰。有次打桌球時我伸腰太盡，移動了小膠管，排汁即時不順，隔天便出現黃膽症狀需要緊急入院換管。

插管是神的安排，我安然接受一切的不便，只難為我的廖化太太又多了一重護理工作。

放下重擔

　　自從 2020 年 7 月用了體外插管後，長住在肝臟內的細菌比前活躍了，使我經常發燒，每月三、五、七次不等，幸虧大多數只是低燒，一天便退。但發燒就是肝臟發炎，排出的膽汁像墨汁般黑，所以每次起燒我都感到十分焦慮，擔心會否高燒，亦擔心這破爛肝臟捱不住。我不敢問鄭醫生人抵受肝臟發炎的次數是否有個極限，反正這發炎是沒法避免，不知大限肯定比知道好過。

　　因為發燒太頻密，若每次起燒便通知醫生，醫生為安全起見一定要我入院吊抗生素，那我便在醫院過活的日子比在家還多！又因我完全缺乏皮下脂肪，以及血氣衰弱，怕冷已到驚人程度，醫院的冷氣特別凍，我怎樣穿衣蓋被也覺得冰冷，雙手要長時間放在被內，不能拿著手機與人通訊或看影片，所以住院很不好受；若不通知醫生又怕問題失控引起危險。有次我們已到了醫院，在辦入院手續時發燒已退，便通知醫生取消入院，引起諸多不便；但另一次在家斷斷續續燒了五天，使我十分焦慮，不知肝臟會否受損、下一陣子會否有危險？

　　發燒就像一個拿有我家門匙的賊人，任意往來！今天我可以精神奕奕地打桌球，明天卻會發燒入院；上午喉管排汁暢順，下午卻管塞要入院更換，可以說我對自己的健康完全失控。失控的經驗多了，我領悟到我實在無法掌控自己的命運，企圖掌控徒引起焦慮。

焦慮著過活太不值得，是人生最大的浪費，我要擺脫它。想深一些，大不了是死亡！誰人不死？古今多少英雄豪傑不是都死了嗎？我敬愛的爹娘都死了，死亡是最自然的事。況且發燒不一定會死，我的生死是掌握在神的手中，祂以神的高度若認為這世界還用得著我，便會留我在世上；若神認為我已無用於世，我便隨神的意願回到祂身旁，沒有什麼大不了，我知我的靈魂永在。

　　想通了這道理，每次發燒感到焦慮時，我便這樣向「慈悲耶穌像」祈禱：「主耶穌，你是創造我的主，我信賴你。現在我又發燒，我已服下退燒藥，多喝水，應做的事我都做了，希望可以退燒，但我知這不是由我控制，而是你的權柄，現在我將一切交託給你，求你看顧。你是愛我的主，一切按你的意思，求你帶領，我願跟隨。」

　　一面說一面攤開雙手，用手勢強調把事情交託給主。如果心情還未能放開，便繼續向耶穌傾訴內心的牽掛，直至心頭鬆開，我便回到電腦桌，繼續打橋牌或寫作。

　　你說不是嗎？對一件可能出問題的事，應做的東西已做了，為什麼還讓它霸佔著心思不交給神？要知人在宇宙是何等渺小！試想想大自然萬物是何等巧妙地配合，便知一切是神的創造。神既然創造了我，我自然應按祂的旨意去活，順從祂的安排，無論是生是死，神自有分數。

　　這樣的思辯說來簡單又合邏輯，但實行並不容易，慧玉經常取笑我：「你說你是基督徒，但有少少燒便愁眉苦臉，究竟你信不信基督？」

是的，在信德上我只是小學生，還有一大段路要走，但至少我是在努力走，不斷地求進步。人會自然地把自己放在腦海的中心，要放開自己以神為中心並不容易，但如果常常練習，便能養成習慣，只要我們重複學習「放下重擔」交託給神，神便能在我們身上顯大能，化解我們的焦慮。

放下重擔（馮露霏 攝）

臥薪嘗膽

不要以為「臥薪嘗膽」是個誇張的標題,我雖然未曾「臥薪」,「嘗膽」卻是切切實實的做過!

自走出死門關回家休養一段日子後,我的體重一直徘徊在50公斤附近,與未病時的65公斤相差很遠,腰圍少了三吋,大腿很少肌肉,坐硬板凳會屁股痛。又因缺乏皮下脂肪及血氣衰弱,特別怕冷,盛夏也不能穿短衫短褲,在冷氣地方更要穿上毛衣再加外套。

我食量本已很少,幾年來受奇難雜症煎熬使我失去很多味覺,鮮美的游水紅斑對我就和雪藏斑塊差不多,現在我明白為什麼人會有「厭食症」,我就是例證!無味的東西是很難嚥下喉嚨!體外插管後,每天排走600毫升膽汁,膽汁內含有的養分亦隨之流失,人更加瘦了。鄭醫生說沒有藥可以補充排走的膽汁,我和慧玉商量,記得李醫生曾經說過,有人喝回自己排出的膽汁!不用說這是一件非常噁心的事!但看著自己的肋骨愈來愈突出,胃口又不開,若能改善健康,多腥臭難嚥的東西我亦會吃。知會過鄭醫生後,我決定喝回自己的膽汁!

每天中午清空膽汁袋時,慧玉用水杯接著約100毫升的膽汁,加入鮮榨檸檬汁,攪勻,一手搭著我肩膊一手遞杯給我。我向著鏡子大喝一聲「臥薪嘗膽」給自己壯膽,一股腦把這半杯膽汁灌掉!那味道及口感我不想形容,喝完便刷牙漱口,及收取慧玉一吻的獎勵。

後來我們用「養命酒」代替檸檬汁，這樣堅持了一個月，胃口及體重卻一點沒有增加，又考慮到人體的設計是膽汁由肝臟直落十二指腸，繞過了胃，現在我喝膽汁入胃，長久下去可能有損胃壁，於是便中止了這駭人的「臥薪嘗膽」行動。

臥薪嘗膽（梁珠林 繪）

第六章

絕境感言

引言

　　五年來，我經歷了一次又一次驚心動魄的風浪，數度出入鬼門關，甚至現在我每天仍要與不能戰勝的頑疾搏鬥。藉著神給我的力量，我還是活著並享受人生，心底裡覺得富足。我的經歷實在十分罕有，從困苦中我領悟了一些人生道理，也不知對不對，但都是我的切身體會，我試圖把它寫下來，與讀者分享。野人獻曝，見笑了。

怎樣面對上天對你不公

「不公平！為什麼你一世做好人，卻會有這個病，不公平！」

我自小便養成健康的生活習慣，不煙不酒，少肉多菜，恆常運動，作息定時，我得癌症應與生活方式無關。在做人方面我自幼秉承父教，恪守君子之道，幫助朋友，熱心公益，按理亦不應受上天的懲罰。為什麼癌症四期突然發生在我身上？

但想想——這世界原本沒有我，為什麼可以有我？

當年七億中國人在大陸吃盡苦頭，為什麼我可以在香港的安定環境長大及接受教育？

很多人因條件所限，讀書不成，勞力一世，為什麼我可以有機會入讀港大成為專業人士？香港有幾百萬人，為什麼我能遇上慧玉？

還有許多許多東西我是白白得到的，沒有什麼理由，公平嗎？就好像，為什麼某某人搭上從天上掉下來的飛機？

人生就是充滿隨機，不一定事事有因，上天對你是否公平是沒法計算的，去計算只是自找麻煩，徒增苦惱。人不可能完全明白神的計劃，就像我家的小狗寶兒，牠怎能完全明白我對牠的計劃？神的高度是超乎我們的想像。

我沒有埋怨神讓癌病發生在我身上，沒有埋怨消融手術失誤燒破了膽管，沒有埋怨我現在身上長期插著管、攜著膽汁袋，從開始我就在心底裡接受了這一切的不幸，幸運與不幸都是我人生的一部分，插管是我身體的一部分。我沒有怨怒，我將精力和時間用在神想我做的事，這樣我的日子便過得滿足快樂。

怎樣渡過絕境

人面對絕境自然感到焦慮，甚至恐懼，日子會過得很辛苦。且看我曾面對的絕境：

「這晚期腫瘤特別兇惡，化療及電療都不管用，現在已沒有辦法醫治了，他剩下的日子只有六個月！」五年前一位出色的醫生是這樣告訴慧玉，但現在我還活著正在寫我病後的第四本書。

「我們會安排你去寧養院。」三年前另一位名醫這樣對我說，但現在我是在家中快樂地生活。

這兩個活生生的例子說明「絕境」並不一定是絕境！人是有可能看錯的，人看來的絕境可能還有出路。況且現今醫藥一日千里，昨天的絕症說不定今天便有藥醫。

> 在人不可能，但在神卻不然，
> 因為在神，一切都可能。
>
> （谷 10.27）

一個問題在想通想透、做了相應的事後，執著問題不放只會引起焦慮。所以，當我們面對絕境見不到前路時，應放下問題，只管活好今天，活好一天比面對黑暗的未來容易得多。

神掌管宇宙萬物，祂既然今天留我們在這世界上，自有祂的意思。我們只要讓心神安靜下來，向神訴說心中困擾，問祂該怎樣走，神的旨意往往會巧妙地出現，告訴我們此刻該做什麼！既

然是神的旨意，我們便可安心按這旨意去活好今天，不去擔心明天。因為明天是在神的手中，無人得知，明天來時，神自然會告訴我們明天該做的事。神就是我們在絕境中的磐石，依靠著神，心便得安寧。

人的大腦不會空白，要踢走焦慮，我們要找別的東西來填補，「自數家珍」是其中一法，就是回味以往的快樂事。每個人的一生中，必定嘗過很多很多快樂的事，我們可以在腦海裡把這些樂事重溫一遍，或與伴侶摯友笑談以往共度的日子。當腦海填滿著快樂的回憶，便沒有空間讓苦惱來纏擾我們。

亦可細數神賜給我們的各種恩寵，只要我們去想，一定能找到很多值得慶幸的東西。須知我們四肢健全，視聽無礙已是恩賜，因為世上有不少人生來便有缺陷。

怎樣面對死亡

　　得病前我對「死亡」及「癌症」這兩個名詞十分忌諱，不敢去碰它們，儘量避開癌症的資訊。及至自己被宣判了等於死刑的四期癌症，整個人麻木了，混混沌沌的過日子，好像已與世界陰陽相隔，有一堵玻璃牆將我隔開，世間的一切已沒我的份兒。我藉著向「慈悲耶穌」祈禱、傾訴，減輕了精神壓力，後來竟然奇蹟出現，我得以不死！

　　癌症初次復發時我再感到死亡的威脅，同樣難受，日子過得十分辛苦。及至第二次復發時，才漸漸領悟生死的哲理，有生自然有死，天下間誰人不死？千古風流人物，那個不已灰飛煙滅？死亡是最自然不過的事，毋須畏懼。先嚴贈我的字畫掛在牆上，提醒我死亡只是重見他面、重回到神的身邊。人不能選擇何時來這世界，亦不知何時離開，這是神的權柄。我信神創造天地萬物，一切神自有安排。遺囑我早已弄好，精彩的人生我活過了，若現在離世已無所憾。

> 　　那美好的仗，我已經打過了；
> 　　該跑的路程，我已經跑盡了；
> 　　當守的信仰，我已經持守了。
>
> 　　　　　　　　　　　　　（提摩太 4.7）

來吧！「死亡」，我不怕你！

當我的心底容許死亡的可能性，死亡對我便失去威脅。反之，愈怕死亡便愈感到惶恐終日，徒添痛苦。「容許死亡」不會增加「死」的機會，卻可化解心頭的焦慮。

有人比我長壽，有人比我富有，我不與別人比較，我今生已活得很精彩，活出神給我的任務，相信能得祂的喜悅。

事實上第二次復發我見鄭醫生時，因我悟了生死之道，對壞消息接受得很安祥，不再像以前那樣失魂落魄的樣子，鄭醫生亦覺得詫異，當面對我稱讚。

我這個事事小心的完美主義者也能做到不懼怕死亡，你亦必能做到。

視死如歸

怎樣面對失去了能力

我肚皮長期插著一根幼管，由肝臟伸出體外，然後接到一根三呎長的粗管，管尾拖著個盛載膽汁的大膠袋，掛在腰間皮帶上，睡覺時膠袋要放在一處比床舖低的地方，方便膽汁從體內流出。此外還有個小膠袋直接貼在肚皮的破口上，盛接著由肝臟漏出腹腔的膽汁。為避免移動插在肝臟的小膠管，我做什麼事都要慢動作，不能跑跳，不能彎腰，不能打草地滾球，更不能游水或淋浴。打噴嚏時可慘了，腰間會來一下猛烈扯痛，我差不多是半殘障！

我亦失去很多味覺，山珍海錯也味同嚼蠟，所以胃口奇差，沒有食慾，營養不良，只靠各種營養奶才能勉強維持這仙風道骨的軀體。

但這一切我都樂意接受，比起三年前在那醫院陷入地獄時，現在簡直是在天堂！

我雖然失去了很多活動能力，但我還有眼耳口鼻，可呼吸新鮮的空氣，可看美麗的梧桐河風光，可聽動人心弦的歌曲，可以跟慧玉談心說笑。我還有良好的記憶和清晰的思辨，可以在網上與朋友論政、打橋牌。我還有豐富的人生經歷，可以寫文出書，抒發自己，亦希望有益於人。

我放眼我還有的東西，善用它們，不去計較失去的。俗語說：「買嚼豬肉搭嚼骨。」這一切的身體障礙都是我生命的一部分，我願意接受。

梧桐河畔

怎樣化解焦慮

有人生性豁達，「天掉下來當被蓋」；亦有人像我一樣，事事小心擔憂。光靠自身的力量是敵不過焦慮，但若曉得依靠神，便可藉著神的力量化解焦慮。

我病情的複雜程度，相信少有人能及。醫書也沒說，最要命是那些已在肝臟建成了安全巢穴的細菌，它有空便出來給我麻煩，使我發燒，藥物只可以趕它回巢，殺它不死，過幾天它又出來搗亂，非我能控制。因此每月循例發燒三、五次，每次起燒時我都感到焦慮，不知肝臟裡面出現的問題有多嚴重，發燒會否失控？因此要不要入院是艱難的決定。還有肚皮破洞和插管，隨時都可以給我麻煩，情況最壞時一個月進出醫院五次。

焦慮若化解不去，人便會陷入抑鬱。我是倚靠祈禱交託去化解焦慮，每次手冷起燒時，吃了退燒藥後，便向「慈悲耶穌」祈禱，將自己交託給祂，向祂傾訴心裡的憂慮，不去擔心會不會高燒或出其它亂子，反正擔心是沒有用，一切是在神的掌控下，高燒便入院，低燒便繼續做原來的事，要死便死吧！

祈禱不需美麗的禱詞，不需流利的語句，只要找個安靜的地方，收斂心神，相信神就在我們面前，並且會聽見我們的每一句話。做好心理準備後，便打開心扉，坦誠向神吐出當下的擔憂，大的、小的，把所有的問題都告訴祂，求祂憐憫，求祂帶領。我大概是這樣祈禱：「主耶穌我的神呀！我又發燒了，請你看顧我，

讓燒退去。我已吃了退燒藥，亦多飲水，在我能力內能做的事我都做了，現在我將身體交託給你，求你保守我。你是創造我的主，一切按你的意思，求你帶領。」

遇上特別焦慮時，我會加上老土但是最坦誠的話：「主耶穌基督，你是我的神，我信靠你，我將我的一切，我的身家、性命、財產全交給你，求你帶領。」

當然，說交託給神很容易，真正做到心無掛慮是十分困難，我現在還是在學習階段。總而言之，我就是這樣跌跌撞撞活到今天。

生命的意義

　　神創造天地萬物，必有其意義。我們之存在、擁有，皆為神所賜。神為什麼白白給我們東西？當然是出於愛，就如我們生下子女，自然會愛他們，給他們東西，帶他們走路。

　　神既然創造我們，定必有祂的目的，好比設計師創造一個電腦軟件，定必有其獨特的功能，軟件的意義是設計師所賦予的，離開這意義，軟件將處處碰壁。我們生命的意義是神所賦予的，離開這意義，我們將找不到滿足。

　　所以，與其埋頭苦幹追求世俗的成功，不如思考：神賜給了我什麼才能，想我做什麼？哪些事情我喜歡做而又能惠及別人？

　　因為名成利就並不能滿全生命，光是一己的成功，我們心底裡總會覺得空虛，只有活出神的旨意，我們才會覺得這生沒有白走。

　　神是奇妙的，祂賜予我們的東西，在使用它時我們會自然感到快樂，若使之惠及別人，我們更會感到心底的富足。「助人為快樂之本」說得好，因為在助人時你正是在發揮所長。譬如你擁有一把金嗓子，引吭高歌會給你即時的暢快，過後便不覺得是什麼，但若你是為別人而唱，見別人因你的歌聲而感動、快樂、得益，你心底裡還會感到一份持久的滿足；又或你善於賺錢積有財富，拿些錢財來幫助有需要的朋友或鄰人，心底的滿足感受非一己的奢華消費所能比擬；再或你善於交際，朋友眾多，見聞廣博，

你可撮合某人所長以補另人所缺，亦是很有意義的事。或大或小的發揮所長，惠及別人多了，便累積成為快樂富足的生命。

在不同的人生階段，神賜給我們不一樣的東西。所以，我們生命的意義亦隨著成長而有所不同，每人需要自己去找。我現在瘦骨嶙峋，行動不便，肚皮貼著小袋，肝臟插著排管，八天、十日來一次發燒。雖然問題多多，但神賜給了我珍貴的經歷和書寫的能力，我還是活得滿是勁兒，用心寫作，與人分享我腦袋裡的東西。

我不知這穿洞的身體能撐到何時，但只要活著一天，我便獻給神一天的功課，讓別人得益，自己亦快樂。

結束語

我近年來遭遇很多不幸，本應死了兩次，卻又能幸運地活著，恍惚是一場場的惡夢，眼看必死了，卻又及時夢醒，還是活著！神給我這樣的安排，必有其意義，我得要好好忖摸。

或許是我有點自負和自我！雖然我是以慎言謙遜自居，但潛意識在眉目間往往表露出自以為是的心態。經歷了這幾年絕頂的艱辛後，我領悟到若沒有神的幫助，我什麼都不是！

神賞賜給我一個又一個奇蹟，是想我向世人作見証，見証神的偉大和奇妙，宣揚神的旨意，祂賜給每個人的恩寵是需要與鄰人共享的。

無論你是否正在面對困難，你已看見多困難的境況我都熬過了，我希望這本書對你有所激勵、有所裨益。

自確診四期癌症至今剛好五年，我拼搏過、哭過，或許有人說我堅毅，我看多半是鼓勵的話；又或許有人覺得我懦弱，住院要太太陪伴。我不標籤自己，我只向創造我的神交賬，活出祂賦予我的意義。

我期望在天庭門口見到祂時，祂豎起大姆指，微笑地對我說：「允中，做得好！」

快樂的事

回憶一生中得意快樂的事，是我在痛苦的病榻上找尋快樂的方法。不讓苦惱霸佔著腦海，我們需要用開心的東西去替補，「自數家珍」是方法之一。下面是一些我個人的樂事，記錄在此只為向讀者示範我當時是怎樣應付身體的苦痛，希望能帶給讀者正能量。我相信每個人只要願意到自己腦海裡找，必定會找到很多很多快樂的回憶。

1. 當我年紀漸長，經歷過一段日日吵鬧的婚姻，沒人與我分享心底的喜與憂，以為這一世就此虛度，但僥倖遇上慧玉，帶給我甜蜜的下半生，這是我一生中最滿足的事。

2. 因入錯行，事業一度停滯不前，1981 年回歸中電作普通職員，見以前的同儕們多已晉升為高級職員，出入高級飯堂及洗手間，我感到自卑。挺了四年，僥倖遇上機會，竟能在 15 名競爭者脫穎而出，晉升為高級職員，待遇加倍，在事業上跨了一大步，太高興了！

3. 1988 年的草地滾球聯賽戰至尾場，我們中電隊冠軍在望，我身為隊長正準備打出最後一球，若能滾至目標白球旁，便得聯賽冠軍。但對手剛將白球打後至球道的左界邊，而白球前面堆滿了球無法穿越，我只有兵行險著利用左鄰的球道和警官俱樂部地氈場的闊草特性，走左鄰無遮

擋的球道，希望球能最後彎入界接近白球。我拿著左輕右重的滾球站在發球蓆上，集中注目 40 米外的白球，心裡在綠色地氈場上劃出一條向左的大弧線，球隊整季功夫的成敗就看這球！我把球輕輕滾出，球出手未幾已滾入左鄰球道，並愈走愈遠至左鄰球道的中央，才慢慢回轉，看來恐怕回不到自己的球道，將成死球！當球快要停下來時，卻見球來一個大轉彎，入界一呎停在白球旁，成為致勝球！我欣賞自己在高度壓力下的膽色及技術，在關鍵時刻打出如此闊而準的球，為球隊奪取冠軍。

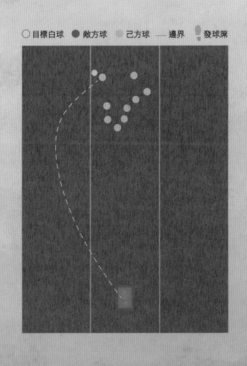

○目標白球　●敵方球　己方球　── 邊界　發球蓆

4. 1989-1992 年在青衣電廠工作真快樂，人工高，上司友善，手下有 50 名幹練的技術人員，我的工作駕輕就熟。廠內有草地滾球場及網球場，我是滾球隊隊長，指揮一切。4 時半放工後可玩一輪滾球才回家，假日帶家人和朋友回廠打網球及燒烤，這段日子簡直是我工作的蜜月期。

5. 自從 2009 年五弟教曉我和慧玉使用蛙鞋，浮潛對我們更輕鬆寫意，我們每年必到馬爾代夫或其他珊瑚島浮潛旅行。戴上吸管面鏡，穿上保暖浮水背心和蛙鞋，我們漂浮在清澈蔚藍的海水中，融入美麗寧靜的海底世界，各式七彩魚兒在珊瑚間穿插。慧玉在前面找尋新奇的東西，我在後面追魚兒拍照，兩小時轉瞬便過，不覺疲累。晚上躺在沙灘床上對著手機的星圖看星星，漆黑靜寂中見天上繁星點點，每顆都有名字，真有意思。

當時寫下的快樂事太多，只摘錄幾項在此以作示範。

寫於病床上

2019 年 8 月 1 日

142

附錄二

神的恩賜

神賞賜了給我:

1. 好太太慧玉。

2. 兒子倬雲、嘉略、繼女韻怡及兩個趣稚的孫女。

3. 有學識的儒家父親和慈愛的媽媽,教育我積極做人。

4. 三個一起打波打牌的好兄弟。

5. 入讀香港大學。

6. 入錯了行仍給我翻身的機會,終於得到滿意的事業。

7. 舒適簡潔的家。

8. 邏輯思維,能寫條理通順的文章。

9. 打得一手好草地滾球,及得到隊友的敬重。

10. 打得一手好橋牌,不怕被外國人在網上欺凌。

11. 享受高爾夫球和網球的樂趣。

12. 多次到馬爾代夫浮潛,享受浮潛之樂。

13. 初出道在新加坡工作時,誤觸 415V 電纜,竟然不死。

14. 關神父做我神師，將我從自我中心的完美主義者改造為一個寬恕包容的人。

15. 2017 年發現患上末期癌症，被認為必死，竟能奇蹟地活著！

16. 有一次在停車場嚴重滑倒時，神接著我輕放在地上，使我沒有絲毫損傷。

17. 碰巧找到寶血村補習，做了十年喜愛的義工，教導了數十個孩子。

18. 年輕時犯了不少大錯，神沒有嚴厲懲罰我，讓我可以改過自新。

神給我的恩賜實在太多，不能在此一一記下。

寫於病床上

2019 年 8 月 3 日

鳴謝

　　感謝關俊棠神父與陳一華牧師為此書寫序，感謝梁珠林兄繪圖，及感謝何鏡煒博士、何秀芳姊妹及蔡歡賢姊妹的鼎力幫忙！蓬蓽生輝，全是恩典！

絕境感言

作者：	林允中
編輯：	Margaret Miao
封面設計：	黃韻怡、4res
內文設計：	4res
出版：	紅出版（青森文化）
	地址：香港灣仔道133號卓凌中心11樓
	出版計劃查詢電話：(852) 2540 7517
	電郵：editor@red-publish.com
	網址：http://www.red-publish.com
香港總經銷：	聯合新零售（香港）有限公司
台灣總經銷：	貿騰發賣股份有限公司
	地址：新北市中和區立德街136號6樓
	(886) 2-8227-5988
	http://www.namode.com
出版日期：	2023年3月
圖書分類：	散文
ISBN：	978-988-8822-45-4
定價：	港幣88元正／新台幣350元正